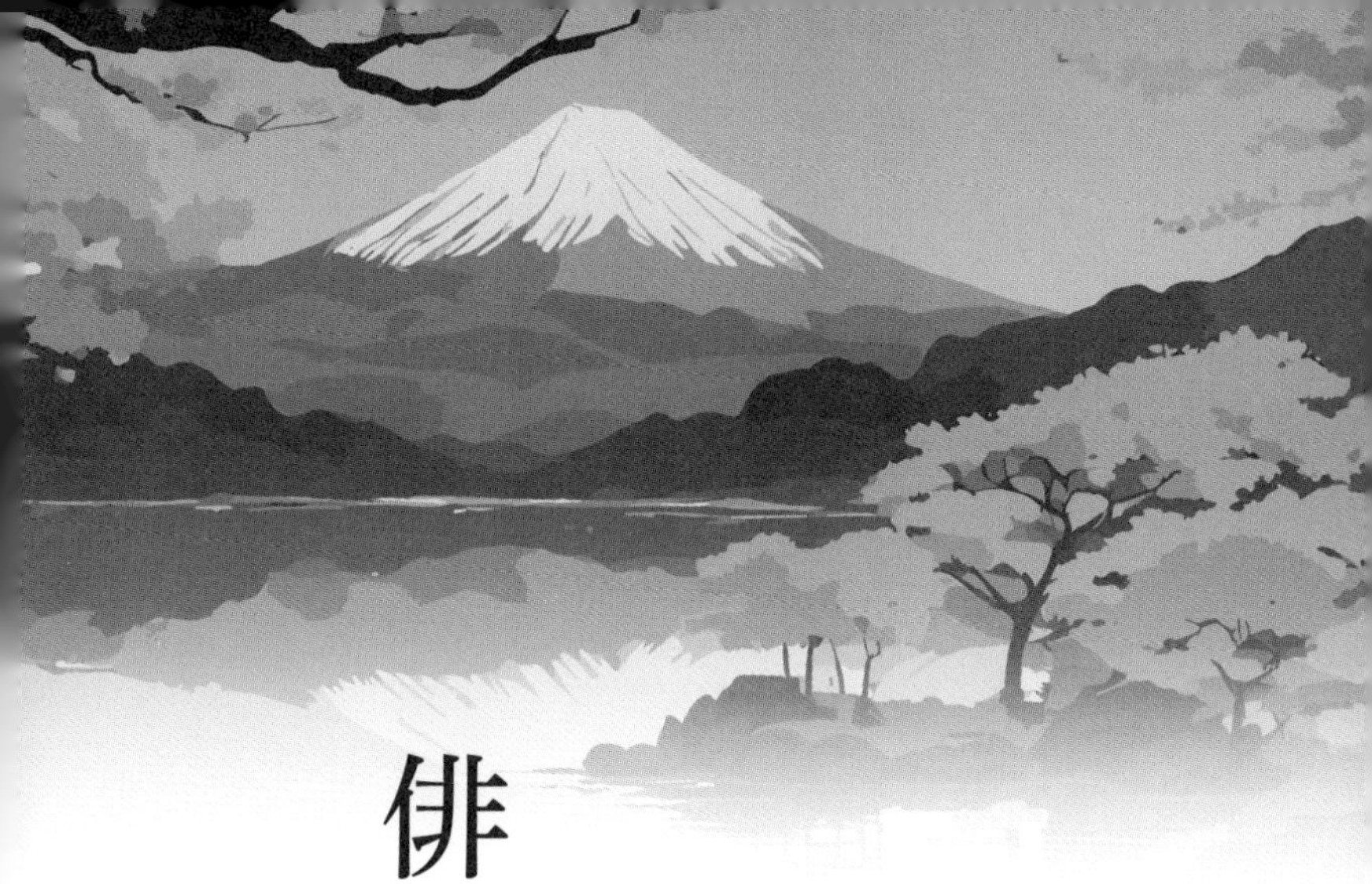

俳句の先生

板橋言成
ITABASHI Gennari

文芸社

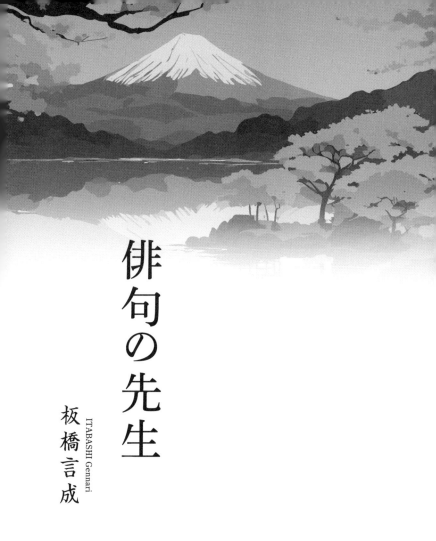

俳句の先生　◇◆◇　目次

俳句の先生

歩いて俳句

今年に入って二度目の講座「歩いて俳句」は二月四日の水曜日であった。ちょうどこの日は春の季節が始まる立春の日に当たり、その前日が冬の最後の日、節分である。

節分とは二十四節気の中の季節の変わり目の日、立春、立夏、立秋、立冬の前日のすべてにいう言葉である。しかし現在では冬の最後の日が「節分」の代名詞のようになっている。

古くから宮中では悪鬼を払い疫病を除く儀式、追儺《ついな》（鬼やらい）を年中行事として大晦日の夜に行われていたが、民間では中世になってから節分（二月）の夜の行事として「豆《まめ》撒《ま》き」をするようになった。

節分は季語として俳諧歳時記の冬季時候の後尾に掲載されており、多くの俳人に詠まれている。

そして立春もまた多く詠まれている季語の一つであり、今でもよく使われている八十八夜、二百十日《にひゃくとおか》、節分など雑節の起算日でもある。雑節には他にも彼岸、社日《しゃにち》、入梅、半《はん》夏生《げしょう》、土用などあるが、農業や林業、漁業のような自然に向き合う作業時の目安となっていることが多くある。

「歩いて俳句」は第一水曜日に行われる月例の句会である。先生からの案内状によると、漁港近くの磯山の麓にある弘誓寺《ぐぜいじ》という寺院への吟行となっており、その寺には江戸期の俳人で「美丸」という人の墓があると書かれてあった。珍しく、昼は外食にしようとなっていた。

今日の会場はこれまで何度か使用している漁港近くの伊東市観光会館の一室が予定されており、午前九時の集合である。

この会館が国道135号バイパスに面しているためか、全員が自家用車で定刻までに集まった。

参加した生徒は池田留八＝俳号［末生・ウラナリ］、水谷吉男＝俳号［小吉・コキチ］、寺沢勝男＝俳号［松魚・カツオ］、杉山薫＝俳号［微笑・ビショウ］、須藤笙子＝俳号［笙子・ショウコ］、白浜汀子＝俳号［渚・ナギサ］、長谷川舞＝俳号［舞・マイ］、田口素子＝俳号［素子・モトコ］の八名であった。

それに先生ご夫妻である。先生は笹沼福男＝俳号［フグ］、奥さんは笹沼幹子＝俳号［幹子・ミキコ］である。この会では参加した時に俳号を決めて、その後は互いに俳号で呼び合い、署名している。

いつものように笹沼先生［フグ］からこの日の簡単な説明があり、午前中は弘誓寺へ吟行し、正午近くになったら寺院を出て、この会館へ戻る途中の適当な店で昼食をとることになった。会館には午後一時頃までに戻り、その後は先月の生徒たちの作品評価を行い午後三時頃に終了する。これが今日の大まかな予定である。

先生はその江戸期の俳人「美丸」の読み仮名は、

「ヨシマルか、ミマルかは分からないが、多分ヨシマルさんでしょう」と言われた。

この人の墓がこの寺にあるのはこの地で水死されたためであり、その時十八歳の若さであったという。そして江戸期の俳人・小林一茶がその墓参りに来ていたという説明があった。

さらに先生は、

「この人の俳句は残っていないが、きっと良い句を詠んでいたことでしょう」と言われた。

末生《ウラナリ》は、先生のその言葉が気になった。その人の俳句が残されてないのに、なぜ俳人と言えるのだろうという素朴な疑問であった。

生徒たちは美丸という俳人のことも、そのような人の墓が磯山の麓の寺にあることなども誰も知らなかった。この地に長年住んでいる生徒さえも知らないのに、先生はさすがだと思った。

これから行く寺では、美丸という俳人について何かミステリアスな話が聞けるのだろうという望みが湧いてきた。みんなも同じ考えだろうと思いながら会館を後にした。

外に出ると立春の空は晴れ渡り、風もなく波の穏やかな海が輝いていた。

バイパス沿いにある漁港はすでに一連の作業を終えて静まり返っていたが、漁港の上空や海岸に沿って走るバイパスの上空には、十数羽の鳶《とび》がそれぞれ大きな円を描いていた。鷗《かもめ》の姿はなかった。

風に乗る術《すべ》を知らない烏《からす》は、バイパス沿いの電線に幾つかの群れをなして止まっており、周りの建物の屋根などに点在していたが、どの群れもまだ何となく落ち着きのない気配であった。

一行は海を左に見てバイパス沿いの歩道を進んで行くと「波止場入口」と書かれた広い交差点にさしかかり、そこを直進して行くと魚市場や漁業関係の建物が幾つか海側に連なっている。その建物が途絶えた辺りから防波堤が港を囲うように延びている。

弘誓寺への道筋は、この交差点から少し行った信号を右へ曲がる。バイパスを横断し、バイパスに沿って進んで行くと、バイパスの海側には伊東魚市場の正面入り口が見え始めた。その辺りの家並みに入る路地を山側に行くと、すぐに交差する道路に突き当たる。その路《みち》を左に折れて行くと、家々が海側と崖側に連なり立っている。この通りが昔からの通路であり、バイパスが出来た今でも浦町の通路として使われている。

昔は立ち並ぶ家のすぐ先には海が広がっていた。その海と陸との境界に国道135号バイパスを通したので昔ながらの砂浜や磯場がなくなり、今ではバイパスがこの界隈《かいわい》の堤防の様を成している。その道の途中に交差路があり、山側に上る道端に「弘誓寺」と書かれた看板があった。

その路は足元から上り坂になっており、小型自動車がやっと通り抜けられるほどの道幅で、その両側の家の軒下には豆が散らばっていた。

このような風景の中で昨夜撒かれた豆を見るのは珍しいことである。一行のような年配の者たちにとっては久しぶりに見る情景であり、句作の材料になるので皆が軒下や露地を見回している。これも吟行ゆえの賜物《たまもの》である。

近頃では保育所や幼稚園、小学低学年生の教育の一環として行われているようだが、節分の夜に実際に豆まきをする家庭は少なくなっている。

豆まきの風景を目にするのはテレビニュースなどで見る力士、スポーツ選手、芸能人など、その年に活躍した人たちが行う恒例の神社仏閣での豆まきぐらいのものである。この漁師町を歩いて、初めてこの辺りでは今でも豆まきの慣習を残しているのだと末生は懐かしさを覚えた。

町中ではとっくの昔に豆まきの声など聞くこともなくなっているので、末生は子供の頃を想い出していた。

＊

末生が生まれ育った会津地方は、伊豆半島とは違ってこの季節はまだ雪が降りしきり、積もった雪も残っていた。当時、一年中で一番寒いのがこの頃であった。豆まきを始める夕方はまだまだ寒かったし、夕闇が来るのも早かった。

部屋の窓を開け放して豆を撒くのだが、窓からは一気に冷たい外気が入ってくる。その押し寄せる冷たい闇に向かって豆を撒きながら、大きな声で、

「福はー内　福はー内　鬼はー外　鬼はー外　御恵比寿大黒　豆あがれー　鬼の目玉かっ潰せー！」と叫ぶ。

昔からの慣わしに従って「福はー内！」と「鬼はー外！」は二度ずつ繰り返し叫んで、母屋の部屋の数だけ回るのである。

家の敷地の裏手には〝小屋〟と呼んでいたが、結構大きな平屋造りの建物があった。その横長の建物は中央で仕切られて二つの部屋になっていた。そのために戸口が二つあった。戸口を少し入った所の暗がりの中で「福はー内！　福はー内！　鬼はー外！　鬼はー外！　御恵比寿大黒　豆あがれー　鬼の目玉かっ潰せー！」と同じ文句を唱えながら豆を撒くのだが、母屋の各部屋で撒くのと違い、なぜかその戸口から小屋の奥の闇に向かって豆を撒くのが習わしになっていた。幼い頃、豆まきする兄たちに付いて行った時も同じ方

法で撒いていたように覚えている。兄たちもみんな闇が怖かったに違いないと思いながらも、やはり気弱な末生にとっては小屋の豆まきには胆力が要った。

小屋の四隅の闇の中には鬼がいる。その鬼に向かって豆を撒き、鬼をやっつけるのだが、袋小路のような闇に向かうのは怖くて嫌いだった。

いつも最後に豆を撒くのがこの小屋だったので、そこが終わると急に肩の荷が下りる思いがした。それは末生自身にとっても廻《めぐ》りくる春を迎えるにはどうしても越えなければならない関所のようなものであった。

小屋の豆まきが終わって平静を取り戻す頃には、決まってあちらこちらの家から聞こえてくる節分の夕べの情景があった。

その中には毎年決まって大人が豆を撒く家もあった。久しく男の子のいない女の子ばかりの家なので、大の男が豆を撒くのである。さらに男性のいない女性だけの家では、豆を撒く男の子を他家から借りて行うのである。

残念ながら末生には他家から声がかかることは一度もなかった。

しかし早々と次の弟に譲ることができた兄たちには、その役に与《あずか》った者もいた。長男からすぐ上の兄まで二年から三年で、すぐ下の弟に豆まきを譲り下げれば良かったからである。

残念であったと書いたが、内気な末生には豆まきのように大声を出して何かを演ずるようなことは嫌いだったので、万一頼まれたとしてもきっと断っていただろうと今でも思っている。

それなのにあえて残念と書いたのは、他所《よそ》の家から頼まれた子は御祝儀を頂き、夕食のご馳走《ちそう》に与れるからであった。

その頃は誰もが貧しい時代であり、大家族の中で育った子供にとって他所で一人きりのもてなしを受けることは嬉しいことであったが、同時に照れくさいことでもあった。子供ながらも女性だけの所帯で受ける接待だからなおさらである。

しかし男の子の居る家では、適齢になったら当然の役目として、鶏などの飼育動物への餌やりや風呂の水汲み、そして風呂焚《た》きなどの親から言い渡される普段の当番と同じことであった。

「そんな小さな声では、鬼は逃げて行かない、もっと大きな声を出せ！」とか、「豆を撒いた後の部屋の戸はしっかり閉めてこい」とか、小言だけは多く言われたが、親や兄たちから豆まきに対する謝意の言葉や心付けなどはなかった。豆まきの役割は、それに相応《ふさわ》しい年頃になれば男の子の義務だったのである。

こんな雰囲気で毎年続けられる豆まきを、末生は小学校に入学した頃から地元の高校を卒業するまで果たさなければならなかった。

末生には自分も含めて十二人の兄と姉妹がおり、末生はその八男であった。兄が七人で姉が二人と妹が二人の、全部で十二人である。末生は留八《とめはち》という名前が示すように十二人の中の十番目で、男の兄弟では一番下の子供であった。当時の家族は子供が一ダースというのも珍しいことではなかった。

末生はこのように末の方に生まれているので、この俳句講習に参加して先生から俳号を決めてくださいと言われた時、俳号など考えもしなかった自分が咄嗟《とっさ》に浮かんだのが「末《うら》生《な》り」であった。躊躇《ちゅうちょ》なく「末生《ウラナリ》」に決めたことを覚えている。

十二人の生まれ順はこうである。一番先に生まれたのが長女、二番目に生まれたのが長男、三番目が次男、四番目が三男、五番目に次女、六番目に四男、七番目が五男、八番目が六男、九番目が七男、十番目が八男の留八である。そして留八の下に十一番目の三女、十二番目が四女と続いた。

簡単に言うと女、男、男、男、女、男、男、男、男、男(留八)、女、女の順に生まれている。子供全体では十二番目の四女が末っ子である。

この一ダースに至る兄弟姉妹は一腹一生《いっぷくいっしょう》の子供たちなのだから、留八の両親は絵に描いたような律儀者と言わざるを得ない。

両親が子供たちを産んで育てたのは、大正の末から昭和の一桁を中心に二桁にかかる第二次世界大戦に向かう年代であったので、大日本帝国憲法下であり、明治以降の富国強兵政策を引き摺《ず》りながら「産めよ殖やせよ」と国を挙げて奨励していた時代であった。

しかし留八の父親は金持ちでも何でもないし、再婚などもしていないので一腹に限っての子の数である。母親は結婚して二十余年、腹の休まる暇がなかったと言っていたのを想い出す。そして何よりも家計上の問題があり、「子供はこの辺りで打留《うちど》めにしよう」と父と母が共に誓い合って、神仏に願掛けの証しとすべく十人目に生まれた自分に命名したのが「留八」という名前であったのだろう――と、物心のついた頃から末生は勝手に想像していた。

他の兄弟の名前に比べて、「留八」という自分の名前には、親が子に託す夢や希望が全く見当たらないのである。ただただ、両親の切なる思いがぶっきらぼうに込められているに過ぎないのではないかと、ずっとこの名前に疑問を持ち続けていたのである。名前に誇らかさも向上心さえも感じさせない無責任な両親だと、恨めしささえも覚えていた。ただ、「止八」でなく「留八」なのがせめてもの救いだった。

しかし両親の切なる願いも空しく留八の下に女児が二人生まれており、子供は八男四女の十二人になってしまった。まさに裏腹なのである。

だから留八は二歳年上の兄から豆まきを引き受けて以来十余年、引き継ぐ弟も甥《おい》っ子も未《いま》だ居なかったので、義務として続けなければならなかった。

初めの頃は豆まきも楽しい時もあったが、それもほんの一時のことであった。年も重なり声変わりをする頃になれば、何となく気恥ずかしさを感じるようになってきた。年に一度の豆まきとはいえ、来る年も来る年も留八は豆まきを続けねばならなかった。

今し方、留八には譲り渡す弟が居なかったと書いたが、実際には留八のすぐ下に堯男《たかお》という古代中国の伝説上の聖天子に因《ちな》む立派な名前を授けられた、九男に当たる十一番目の男児がもう一人生まれていたのである。

その堯男と名付けられた弟は固太りで健康優良児そのもののような児であった。一方、留八はこの弟と二歳違いであったが、体つきからして全く対照的な子であった。それは蔓《つる》性植物の作物などに言う「末生《うらな》り」に通じるイメージであったのだ。風采は末生りで名前が留八なのである。

留八は幼心にも何となく家族や近所の人々から何事につけてもこの弟と比べられていたように薄々覚えている。

しかしその弟は疫痢という流行《はや》り病で数え年三つの頃に呆気《あっけ》なく亡くなってしまった。そのために人数には入れそびれていたが、それは成人まで育った子供の数ということでお許し願いたい。

当時のことであるから子供、特に幼児にとって疫痢は人々が颶風《はやて》病と呼んでいたように死亡率の高い急性感染症であった。

まずもって女の子が節分に豆を撒くことはなかったので、跡取りの長兄に男の子が生まれて小学生になるまでは引き継ぐことはできない。

その頃の留八にとって、節分に豆まきをする必要のないワタナベさんという名字の家が羨ましく思っていたことを覚えている。

その訳はこうである。平安中期の頃、武将・源頼光《みなもとのよりみつ》が、その従者で四天王と称された坂田公時《さかたのきんとき》、渡辺綱《わたなべのつな》、卜部季武《うらべのすえたけ》、碓井貞光《うすいさだみつ》や廷臣・藤原保昌《ふじわらのやすまさ》らを従えて大江山に棲《す》んで鬼畜の如く人民に狼藉《ろうぜき》を働いていた盗賊の酒呑童子《しゅてんどうじ》一味を退治した時のことである。

その時、生き残った配下の茨城童子という者がその敵《かたき》を討つために四天王の一人・渡辺綱を付け狙い、京都堀川の一条戻橋の上にさしかかった時、美しい女に化けて近寄りざまに渡辺綱に切り込んだのである。ところが渡辺綱の一瞬の返り討ちに合い、茨城童子はその片腕を一刀の下に斬り落とされたという説話がある。

この故事をもって、この地方ではワタナベ（渡辺・渡邊・渡部……）と名乗る家には鬼が寄り付かないので豆まきする必要がないというのである。極めて単純明快な話であった。

＊

参道は海を左に見て山腹を斜めに、少しなだらかな短い上り坂になっている。その海側に立ち並んでいる家々のすぐ先は崖である。家と家との隙間からは入江が一望され、その先には広い海原が広がっている。

バイパスの歩道を歩いて来た時には頭上を旋回していた鳶が、ここから眺めれば水平線上か、その下を滑空している。近づいて来たかと思えば、また海の方に折り返して空中を滑るように旋回している。

滑空は美しい、遊離の世界に居るようである。離れているものはすべて美しく見えるものである。

その時、一羽の鳶がぐっと近づいて来た。頭上を掠《かす》めるほどの高さだった。ほんの一瞬だが鳶の貌《かお》がはっきりと見えた。それは吟行の一行を確認する眼差しを見せたかと思う間もなく、支配者然たる眼光を四方に投げかけて離れて行った。

その時、

「あっ、富士山だ」と誰かが叫んだ。

指さす方をみんな一斉に振り向いた。

伊東市街の空の彼方《かなた》に富士山の天辺《てっぺん》だけがくっきりと望まれた。それは雪に覆われて白く輝く角張った山頂である。

ここから富士は北の方角に位置しており、東は黒潮（暖流）流れる伊豆の海が広がり、伊豆七島が連なっている。

この地点から少しでも移動すれば富士山頂は隠れてしまう。伊豆半島には富士がこのような姿で見え隠れする所が多い。今日のような好天の日であれば西伊豆ではもちろんだが、半島の小高い山地に行けば全景の富士山をいつでも見ることができる。

少し登ると山門に着いた。寶洲山弘誓寺は禅宗曹洞宗の寺である。

海へと続く空の下の境内は広く感じられた。初めて訪れる末生には思いもしなかった広さであった。半島の特に漁師町など坂の多い寺社の境内は狭いもの、という観念にとらわれていたからである。

門前に立つと正面に本堂があり、右手には寺と棟続きの住居が立っている。そして墓地全体が本堂を大きく囲むかたちで磯辺の山懐に広がっている。

立春の柔らかな日差しが寺の境内を包んでいた。人影はなかった。

一行は山門を通って真っすぐ本堂に向かって進んで行き、右手の建物に通じる道と交差する地点にさしかかった所で立ち止まった。

暫《しばら》くすると住居の方から一匹の猫が細く長い尾を高々と上げて静かにまっすぐ一行の許《もと》に近づいて来た。黒に白が混じるスマートな均整のとれた猫である。

猫は小吉《コキチ》の足下に来てズボンの裾の辺りに身を擦り寄せるやいなや、その場に仰向けに転がり、一瞬腹部を見せたかと思うと、すぐさま起き上がった。そして暫く何もなかったかのように静かに辺りを見回している。

この間、一行はその仕種《しぐさ》に魅了されていた。そして皆がそれぞれ驚きと称賛の声を上げた。

その声を聞きつけたのか、同じ方角から一匹、二匹と猫が近寄って来た。さらに正面の本堂の際《きわ》には二匹の猫がこちらを見ている。どれも斑猫《まだら》である。

程なくして猫の来た方角から、頭を丸めた普段着の若い男の人が会釈をしながらこちらに近づいて来た。

それに気付いた先生は、

「お邪魔します」と挨拶を交わしながら歩み寄って行った。

生徒たちもそのままの位置でそれぞれに軽い会釈をしていた。

住職の子息とも思えるその人と先生は、立ち止まって二言三言、言葉を交わしたのち、一旦住居の方へ戻りかけようとするその人に先生が近寄り、熨斗袋《のしぶくろ》を手渡した。受け取ったその人はそのまま住居の方に戻って行った。

先生は一行の許に戻りながら、

「それではこれから、弘誓寺さんのお墓を見せてもらいましょう」と言った。

しかし、生徒たちは寄り集まって来た猫の仕種に関心が高まっている最中である。生徒たちにとっては猫もまた句作の対象であるから、それぞれに観察し、メモを取っている者もいる。

それから暫くすると、来合わせた猫たちがみんなの身辺から墓地の方へ放射状に散って行った。それはまるで猫同士が打ち合わせをしていたかのような行動であった。

その様子を暫くみんなが眺めていると、先生が、

「まず、ヨシマルさんの墓に行きましょう」と言って、

「あれ、どの辺りだったかな？」と近場の斜面の墓石を見やった。

一行が先生の見やった方に歩き出そうとした時、後方からご住職らしき人の声がかかった。みんなが振り向いた時には、住職は近くまで来ておられた。余所《よそ》行きの和服姿の出立《いでた》ちで、年の頃は六十代後半と見受けられた。

先生が近寄って、

「私が笹沼です」と挨拶された。

すかさず住職は、

「俳句の会の皆さんですか？　お揃《そろ》いで……」と合掌し、お辞儀をされた。

「はい、そうです。俳句の会です」と先生が答えた。

「なあんだ、それなら前に連絡しておいてくれれば良かったのに。今日はこれから出かけなきゃならんのです。せっかくのおいでなのにお構いもできない」

と残念そうなそぶりで腕時計に目をやった。

手首には小さな数珠の輪が覗《のぞ》いていた。

「いや、お気になさらないでください。境内を少々吟行させていただきたいのですが

「……」

と先生が言った。

「ええ、それは構わんのですが、せっかく皆さん、お揃いで来られたのでしょう？」

と住職が申し訳なさそうな様子で、

「……皆さんはどちらからいらっしゃったのですか？」と聞き返された。

この問いかけに生徒たちはまちまちに、

「近くです」

「この伊東です」

「下田、河津《かわづ》方面もおりますが……」と答えを返していた。

そして先生が、

「ここには、こちらの檀家《だんか》の方もおられます」と続けた。

「ええ、これはこれは、どちらの？……」と住職が言いかけた時、

「その方です」と先生が舞《マイ》の方へ手を差し伸べた。

舞の辺りにいた生徒が舞から半歩ほど開き気味に退くと同時に、舞が二、三歩、歩み寄って住職と正対しつつ、恥ずかしそうに身体を揺すりながら、軽いお辞儀を交わした。

住職は繁々《しげしげ》と舞の顔を見ながら、なにやら口を開こうとした時、舞が、

「大下です」と名乗った。ややあって舞は、

「お世話になっております」と深々と頭を下げた。

住職も舞の容姿とその仕種を確かめるような面持ちであったが、笑顔を取り戻して、

「あぁ、これはこれは、新井町の……、あぁ、大下さん」と恐らくは舞の両親や親族関係者の容姿を想いつつ納得した様子で、住職も深々と頭を下げた。

大下という名字は舞の旧姓である。地方には同じ名字の家ばかりが何軒も固まっている所も多くあり、下の名前か屋号などを名乗らないとどこの家の誰なのか名字だけでは分からない在所がよくある。この町にもそのように同じ名字が軒並みの地域が結構あるのだが、新井町で大下は少ない名字であった。

舞もまた大下を名乗っただけで住職が察知されることを認識していたようである。舞の両親はすでに亡くなっており、長姉が実家の跡目を継いでいるので、住職との馴染《なじ》みは薄い。

住職が間もなく出かけることを一行に告げて挨拶しながら戻りかけた時、先生が住職の後を追うように歩を進めて、

「この四月八日の花祭り俳句大会ですが……私も選者として今年から参加しますのでよろしくお願いします。今日は、その挨拶を兼ねまして……」と言った。

住職は歩みを止めて、振り返った。

「あぁ、そうでしたか、そういうことでしたか。それはそれはご苦労さまです。渡辺会長

さんもご一緒ですね？　こちらこそよろしくお願いします」

と丁寧にお辞儀を繰り返して、山門の方に向かって行った。

住職が話された渡辺会長というのは、市の俳句協会会長のことである。この弘誓寺は四月八日の灌仏会《かんぶつえ》には、市俳句協会との共催による「花祭り俳句大会」を恒例にしている。

美丸居士の墓は寺の敷地全体からすると本堂に近い所にあった。細長い自然石の正面を削り、そこに細い字体で大きく刻まれた「鐵叟美丸居士」の文字は幽《かす》かに読み取れる状態で、永い歳月を感じさせるものであった。

その一角にある墓石は、他の多くの墓とは違って自然石がそのままに据え置かれている。居士の墓もその中の一つであるが、他に比べると少し大きめで、四角い台座に据えられてあり、その台座にも見分けがつかないが碑文が刻まれて、当時の墓石にしては手厚く葬られていたことが見て取れた。

この一角を除く大方の墓は累代に亘《わた》って身内に引き継がれて掃除や修復を重ねながら維持されているが、これらは経年劣化のままである。

その日の目視では台座の文字を確認することはできなかったが、のちに調べた文献によると墓碑名は確かに「鐵叟美丸居士」であり、目視できなかった台座には「寛政元己酉歳十月廿五日　導師眉山和尚　施主夜琴亭松十　北越兎山」と刻まれていることが分かった。

これによってこの人の没年月日は寛政元年〈西暦一七八九年〉十月二十五日であり、今から二百数十年前の江戸後期にさしかかる頃の墓であることが分かった。

この日は美丸居士に関する先生からの詳しい話などは何もなかった。

また、住職の話にもあったように、今日の予約などは何もなかったようだから、講話や説教などしてくれるはずがなかった。住職は一行の吟行すら知らなかったわけである。

結局、今日の吟行では美丸居士が十八歳の若さで亡くなったということ、この人の俳句は残されていないということ、小林一茶がこの人の墓参りに来ていたという朝の説明を何度か聞くだけであった。

そして今、故人の墓を目の当たりにして、その人が実在した人物であることだけは明白であるが、何だか奇妙である。消化不良とはこのような状態をいうのではないだろうか。

一体全体この人はどんな俳句を詠んでいたのだろう。この人には俳句がなぜ残っていないのだろう。この人はどこから来た人なのだろう。この人の墓がなぜこの寺にあるのだろう。自然石の墓ではあるが、丁寧に碑銘が彫られているのはなぜだろう。特に祭儀が営まれている様子もないこの墓が、なぜ二百数十年もの間、この寺院のこの場所に残されているのだろう。墓参りに来た小林一茶とこの人とは、生前どんな関係にあったのだろう。

先生はこの墓をなぜ紹介したのだろうか。先生はどうしてこの墓の存在を知っているのだろう。末生には不可解なことばかりだった。他の生徒たちも口には出さないが同じ思いだろうと末生は思った。

そして末生は、今日の講座の参加費が一〇〇〇円＋五〇〇円（喜捨）と案内書にあったことを思い出した。

笹沼先生［フグ］が主宰する「笹沼自然塾」の「歩いて俳句」の参加費は、当初からずっと二〇〇〇円で変わらなかったのだが、今月の案内書には一〇〇〇円になっていた。

講座の金額については先月の静岡浅間神社の吟行帰りに末生、小吉、松魚《カツオ》の三人が伊東駅近くの居酒屋で一杯飲んだ時も、講習の参加費が二〇〇〇円のまま続いているがこのままで良いのかどうか、安過ぎはしないだろうかと話し合ったばかりであった。

しかし、この話が出るときはいつもそうなのだが、仮に参加費を五割上げて三〇〇〇円にしたとしても、反対する生徒は一人もいないだろうというのが三人共通の思いだった。

それは自由参加の俳句教室なのだから、もし値上げの話を持ち出したとしても、反対ですと口に出して言う生徒は一人もいないだろうということである。

値上げすることによって参加人数が一人減り、また一人減りすることもあるだろうし、参加する回数を減らす人だってあり得るわけだから、安易に生徒側から口出しするのはやめておこうというのが結論であった。

それなのに、今月の参加費は半額の一〇〇〇円になっている。

案内書を見た生徒の誰もが不思議に思っていたのだろう。今朝の生徒たちは挨拶を交わした後には決まって顔を突き合わせて、小声で「これはどういうことなの？」と互いに疑問を投げかけ合っていたのである。

これまで先生の口からは一切聞かされていない参加費のことなのである。まして半分の金額になっているのだから、きっとミスプリントだろうと考えた生徒が多かったのである。いずれにしても講座終了後には支払いをするのだから「ひとまず会館に戻って先生の話を聞くことにしよう」ということで収まっていた。

また、喜捨の五〇〇円も珍しいことであった。今まで訪ねた神社仏閣や美術館の入場料金などは案内書に必ず知らせ書きしてあったのだが、喜捨の名目で一括して集めたことは記憶にないことだった。

普段の喜捨に当たるものとしては、寺社での「賽銭《さいせん》」などがある。吟行の途中で神社や寺院に立ち寄った時など「賽銭」や「浄財」と書かれた箱があれば、お賽銭を上げて拝んでから建物や墓石などの見学をさせていただくようなことはいつものことである。それは各人の思い思いの自由意思であり、お賽銭を上げる人も居ればそうでない人も居て、賽銭の金額も本人の気持ち次第である。

頃合いになって、美丸居士の墓を取り巻いていた一行のかたまりは、それぞれが静かに離れ始めた。この時点から生徒たちはいつものように句作の材料探しに専念していくのである。

この時、笙子《ショウコ》が、

「あっそうだ、先生っ、今日の題詠は何になるのでしょうか？」

と思い出したように振り返った。

「そうだな、今日は春の始まる日だから、立春がいいかな。立春、春立つ、いや、春の初めであれば良いとしましょう」と、今日の先生には迷いがなかった。

他の生徒たちも振り向きざまに頷《うなず》いて、やがてそれぞれ離れて行った。

墓地は山腹に拓《ひら》かれており、本堂を中心にして上方へ扇状に広がっている。舞の実家の墓は墓地全体の中央の辺りにあった。舞は同じ白浜（下田市）から来た渚《ナギサ》と連れ立って先祖の墓がある方に登って行った。

墓石の刻字を読んでいる者、沖合の船を見ている者、空を仰いでいる者、墓地全体を眺めている者、その誰もが口を利かなくなっている。

末生は今日の吟行の主たる目的と思っていた美丸居士のことを詠みたかった。そして、途中の民家の軒下に撒かれていた節分の豆のことや、参堂した時の猫たちのことも併せて詠みたいと思った。

弘誓寺の本堂の屋根は当然のように瓦葺《かわらぶ》きである。その棟瓦の両端には鬼の形相を象《かたど》った鬼瓦が構えている。今でも仏閣には重厚な瓦葺きの屋根に趣向を凝らした鬼瓦が威厳を保っているのだが、近頃の民家では従来のような瓦葺きの屋根も少なくなっている。特に地震による家屋の倒壊や耐久性を考慮して、軽量で丈夫な瓦が開発されているからなのだろう。

そのような今時の屋根瓦にも、鬼面でなくても造りによって、鬼瓦の用をなしているものがあるという。

鬼瓦を見ていると、今も昔も洋の東西を問わず人間の念《おも》いというものには変わりがないものだと思う。

例えば日本人が持つ鬼に対する畏敬の念も、ギリシャ神話にある女怪メドゥーサに対するエーゲ海周辺地域の人々の畏敬の念も似ている。

かつて地中海沿岸の数か国を幾度かに分けて旅したことがある。その時に訪ねたトルコ西岸（昔、小アジア）にある古代都市エフェソスの遺跡だったと記憶しているが、武将らしき石像の鎧《よろい》の中央にはメドゥーサが守護神として彫り描かれているのである。

あの髪の毛が蛇で、見る者を瞬時に石に変えてしまうという眼光を持つ恐ろしいメドゥーサの頭部である。ついには英雄ペルセウスに切り落とされたという首級の容貌である。

神話や伝説の中では恐ろしい怪物や計り知れない妖怪が、のちの有史時代になってからの遺跡や史料には、決まって国家や武将などの守護神として登場してくるのである。

日本ではこのような扱いを受けている悪玉と善玉とを持ち合わせたものの一つが、鬼という存在ではないだろうか。
昨夜の豆まき（追儺）では忌み嫌われて痛めつけられたはずの鬼が、仏閣をはじめ民家の屋根にまで悪霊を追い払う守り神の化身として備え付けられているのと同じことなのである。この皮肉とも言える背景を持ち合わせている鬼瓦を、次のように詠んでみた。

存《なが》へてをり立春の鬼瓦

一行が美丸居士の墓を囲んでいた時も、境内には日差しが惜しみなく降り注いでいた。末生はその墓に手の平でそっと触れてみたのだが、思いの外ずっと冷たく感じられた。また、十八歳で亡くなったというこの人の墓を前にして、期待していた説明など何も聞けない歯痒《はがゆ》い思いと、長い時の流れの中で劣化してゆく墓に相応しい季語と言葉を探し、次のように詠んでみた。

春浅き墓に長眠《ながい》は何人ぞ

そして、この寺の猫たちが一行を迎えてくれた時のことを次のように詠んでみた。一番先に尾を高く上げて近づいて来た猫と、その後から次々と一行の周りに近づいてきた猫たちの情景である。

うららかに華やぎ歩く寺の猫

さらに参道の入り口にある家並みの軒下に豆が散らばっていた今朝の風景を、ありのままに次のように詠んでみた。

立春の豆こぼれをり浦の露地

この「立春の豆こぼれをり浦の露地」の句は家に帰ってからも筆削を続けた。この「立春の豆」は節分に撒かれた豆なので「節分の豆こぼれをり浦の露地」となるべきではないかという疑問が湧いた。しかしこれでは豆を撒いた夜の情景として前日の冬の句になる。いっそのこと今時珍しくなった節分の豆まきの句にして、こぼれていた豆の本質を詠んで「節分の豆撒かれをり浦の露地」（冬）とすることも可能ではないだろうか。

歳時記の季語「立春」の中には、有名な次の句が載っている。

立春の米こぼれをり葛西橋　　石田波郷

この「米こぼれをり」と末生の「豆こぼれをり」とは意味が違うはずである。

この波郷の句は、第二次大戦直後の焦土と化した東京の下町の橋に僅かにこぼれている米粒が立春の陽に輝いているという、目の前にこぼれている「米」に対する明るい未来への光芒《こうぼう》を詠んでいるという。

だからこの「立春の米」は、こぼれている「米」そのものを指しているのだから直接係る「の」で良いと思う。

これに対して「立春の豆」は前日の節分に撒かれた豆であるという、その本質を読む人に認知させる必要があるのではないだろうか。

吟行に同行した人たちにはその本質が理解されたとしても、一般の読者がそこまで理解してくれるだろうかということである。文法からしても立春が「豆」に係るので、波郷の「立春の米……」の句と同じ意味合いを持たれてしまうのではないだろうか。

そのことは同時に原句が「立春の米こぼれをり葛西橋」の類似句であり、何を詠もうとした俳句なのか理解されないのではないだろうか。

この制約を断ち切るには、切れ字の「や」ではどうだろうかとも考えた。

例えば、「立春や豆こぼれをり浦の露地」とすれば豆がもっと客観的になり、前日の節分の豆の本質にまで考えが及ぶのではないだろうか。

さらには「立春に豆こぼれをり浦の露地」とすれば、必然的に豆の本質を意識されるのではないかとも考えた。

また「節分の豆こぼれをり春の露地」とすれば、季重なりの煩わしさや場所と時間の鮮度は落ちるが「豆」に対する理解度は増すはずである。

さらに「春立つ日節分の豆こぼれをり」とすれば、鮮度は保たれるが季重なりと説明的で煩わしくなる。

そこで「立春大吉昨夜の豆のこぼれをり」とすれば、禅寺の境内か家の戸口を思わせて、なおかつ場所と鮮度が保たれて節分の豆であることが認知されるのではないだろうか、などなど。

いろいろ迷った末に原句のままで提出して先生の判断を仰ぐことにした。

立春の豆こぼれをり浦の露地

境内での吟行が終わる正午近くになった頃、寺の後方の一処《ひとところ》に五、六人が集まっていた。その中に先生の姿もあった。近くに先生の奥さんの姿もある。

その近くの一隅には、種々の事情により墓の管理を継承することのできなくなったと思われる墓石が寄せ集められている所があった。そこには合同の慰霊堂と思しき建物もある。

最近よく耳にする「永代供養」という墓仕舞いの墓石なのであろうか、確かなことは分からない。

集合の時間は特に決めてはいないが、この境内の広さであれば生徒たちは然《しか》るべき時間には集まってくる。すでに生徒は全員集まっていた。

そんな時、笙子が先生に話しかけた。

「幾つか空き地があったけど、あれって、何も書いてないけど墓地として売る所ですよね」

先生は慰霊堂を示されながら、

「このような合同慰霊に祀《まつ》られた墓の跡地でしょうね。いずれは、檀家で希望される方にお分けするのでしょうね。ご住職に聞かないと分かりませんがね」

と言った。そして続けて、

「なになに、笙子さん、この寺の墓地も欲しいの？」と冗談めいたことを言った。

「いやぁ、墓はたくさんありますので、十分間に合ってまーす。逆に持て余してまーす」

と、お墓は十分だというようなそぶりで言った。

そうなのである。笙子の家の墓は、何年か前の「歩いて俳句」で河津の縄地《なわじ》鉱山跡地を訪ねた時に、須藤家の古い大きな墓地を見たことがあるので生徒たちは知っている。

それは、先祖が縄地鉱山の事業に関わりのあった江戸時代から続く家柄に相応しい五輪塔（方形、円形、三角、半月形、宝珠形に象った石を積み上げた大きな墓標）と、それを取り巻く墓々の囲いであった。その墓を見ていないのは、その頃参加していなかった松魚と素子《モトコ》の二人だけである。

ひとしきり、その場でそれぞれが墓に関する話をしていたが、筐子が先生の奥さんに話しかけた。

「幹子《ミキコ》さん、ここは眼下に海が広がり、広々として明るいし、見晴らしも良い所だから、ぼちぼちお墓の準備はどうですか？　お宅はまだお墓が決まってないんでしょう？」

さらに続けて、

「ねぇ、先生、こんな所が先生のお気に入りじゃーありません？」と言った。

奥さんも先生も苦笑いしていたが、まんざらでもなさそうである。

「ここだったら折に触れ、近くの皆さんがお墓参りに来てくれるよねぇ。小吉さん、末生さん、松魚さん、男の人は市内に住んでいるんだから、近いから、そうでしょう？」

と筐子が笑いながら三人の名を挙げて促すように言った。

すかさず末生が言った。

「そうだなぁ、筐さんが言った通りで明るくて清々《せいせい》しているのでここはいいと思うなぁ。お寺さんが分けてくれるならいいと思うよ。フグさんご夫婦の気持ち次第だが、俳人ヨシマルさんも独りぼっちで寂しがって居られるはずだから、フグさんとは俳人同士、きっと気が合うに決まっているからいいじゃない、大賛成です。

だけど笙さん、ちょっと待ってください。フグさんの墓参りをする件は私には無理だと思うなぁ。フグさんが先に逝かれるなら別だけど、多分確率的には私の方がずっと早いと思うから、その約束はできないなぁ。年寄りになってからの歳の差は致命的だからなぁ。一昔近くの差があるわけだから……」

みんなは笑いながら聞いていた。末生は続けて、

「こっちが先にあっちに逝ったにしても、我が家は音無神社の隣の最誓寺さんだから、ここで待っているわけにはいかないしなぁ。えーっと、小吉さんの先祖は中伊豆の方だっけ？」

と言った。

「そう、湯ヶ島なんです。俺だって末生さんとほぼ同じだからフグさんの墓参りは無理だけど、このお寺は明るくていいと思いますよ。是非とも一区画どうですか？」

と小吉が笑いながら言って、さらに続けた。

「フグさんの墓参りできるのは、松魚さんだよ、歳もどっこいどっこいだから一番可能性があるじゃない？　しかし…待てよ、寿命もどっこいどっこいということだよなぁー？　するとやっぱりここにいる女の人たちってことになるなー、みんな俺たちよりは若い人たちだから、これからも女の人は寿命がどんどん延びるだろうし、間違いなく頼りになるの

は女の人ってことだ！」

　この小吉と末生の会話をまとめるように松魚が言う。

「結局、フグさんは引き続き両手に花ということで決まりですね」

　先生と奥さんは複雑な笑みを浮かべていたが、生徒たちはここが寺の境内とは思えないほどの笑顔を互いに向け合っていた。


　ちょうどその時、正午を知らせる市のチャイムが流れた。

「それじゃ、戻りましょうか」と言って、先生はみんなを見回してから山門に向かって歩き出した。

　こんな時、先頭を行くのは先生を取り囲むかたちで誰とは決まってはいないが、一行の人数を確かめながら最後尾を行くのはいつも先生の奥さんである。

　昼食は観光会館へ戻る途中の適当な店で自由にとることになっていた。朝歩いて来た道を戻る道筋には中華料理の店、チェーン店の牛丼屋、漁港直営の海鮮食堂などがある。会館を少し通り越せばレストラン風の店もあるのだが、二年ほど前に開店した漁港直営の店で全員、食べることにした。

　みんな地元に住んでいる人たちだが、末生以外はこの店は初めてだった。地元だからこそ、このような機会でもないと案外来にくいのである。

この店は伊東漁港を主として、近場の漁港で水揚げされた近海物の魚介類ですべて賄っている。それがこの店の看板であり、鮪《まぐろ》なども遠洋物は扱っていない。近海で獲れた鮪だけである。仕入れた鮮魚が売り切れると即メニューから外してしまうので、鮮魚が尽きればその日は看板となる。

食事を済ませて会館に戻ったのは午後一時を少し過ぎた頃だった。

早速、正月七日（第一水曜日）の「歩いて俳句」で静岡浅間神社に吟行した時の句評が始まった。今回の評価は「ご祝儀相場」という言葉があるように、全般に特◎が多かったように思われた。末生が提出した七句のうち、特◎を貰《もら》ったのは次の四句であった。

自由句

　ご神徳秘する淑気の中に立つ

題詠「初」

　天晴の当て字が似合ふ初御空（天晴＝あっぱれ）

　髭剃《ひげそ》りを当てる朝湯の初鏡

　定刻に電車来て発つ初景色

生徒たちの句評が一通り終わって、いつものように先生の七句が最後に読み上げられて講座が終了した。

その先生の句の中に疑問に思う句があったのだが、読み上げ後は残り時間も少なく、今日は特に忙《せわ》しなく終了した。いつもそうなのだが、頭の中で質問する言葉を整理する余地のないままに躊躇してしまうのである。

この日、末生が疑問に思ったのは次の二句である。

一句目は、

バス停の名は赤鳥居初詣　　フグ（先生）

この句を先生が読み上げられた時、末生は咄嗟にミスプリントされていると思ったのだが、この句を平然と読み上げられてそのまま次の句の読み上げに入られたので、ミスプリントでないことは分かった。生徒たちはいつも通りに黙って聞き入っているだけである。一緒に吟行しているので先生が詠もうとされていることがよく分かっているからであろうか、誰も聞き質《ただ》す生徒はいなかった。

あの日、静岡駅から浅間神社へはバスで行ったのだが、そのバスを降りた神社入口前の停留所の名が「赤鳥居前」となっていた。その近くには、当然のことだが赤い鳥居が聳《そび》え立っている。先生はその名に留意されて詠まれていることをみんな知っているからだろうか。

　二句目は次の句である。

　　茜富士愛でて乗り出す凪の海　　　　フグ

　この句は無季の句ではないかということである。「茜《あかね》」の場合、赤とんぼをいう「秋茜」や薬草の根茎を掘る「茜掘る」などはいずれも秋の季語であるが、「茜富士」は歳時記に見当たらない。結社によっては秋の季語と認めているところもあるらしいが、この月の自由句は新年、冬季雑詠の句である。もしかしたら下五の「凪《なぎ》の海」を「春の海」か「冬の海」と書き違えられたのかとも思ったが、この句も先生はそのまま読み上げられて終わっている。

　ただ、夏の裏富士が朝日で真っ赤に染まる現象の「赤富士」は夏の季語である。例えば葛飾北斎は『富嶽三十六景』の中の「凱風快晴《がいふうかいせい》」で赤富士を描いているが、「凱風」は初夏に吹く南風のことである。

　また、中七の「乗り出す」のは船とは思うが、何なのかよく分からないが俳句では許されるのだろうか。確認したい文意である。

＊

この日は先生自身の俳句の読み上げが終わると、直ちに書類が二枚配られた。一枚は各生徒宛てのB５判の書類であり、もう一枚は「俳句勉強会『潮』会則案と運営案」と書かれたA４判の書類であった。

Ｂ５判の書類は次の内容である。

池田留八　様　※氏名は手書き

笹沼自然塾閉鎖に伴う「俳句勉強会」の参加費の返還

昨年六月三十日をもって笹沼自然塾を閉鎖しました。よって七月より今年一月分の講座参加費のうち、会場費（光熱費を含む）・傷害保険料・添削等資料代・通信費等の見合い分として一〇〇〇円を頂きます。講座によって下記のように差し引いて残額をお返しします。

歩いて俳句　　二〇〇〇円　（引く）　一〇〇〇円＝一〇〇〇円

土曜俳句　一五〇〇円　（引く）　一〇〇〇円＝　五〇〇円
句会　　　一五〇〇円　（引く）　一〇〇〇円＝　五〇〇円

参加講座と参加月（数字は月）
歩いて俳句　⑦・8・⑨・⑩・⑪・12・①月
土曜俳句と自然塾　7・8・9・10・11・12・1月
句会　7・8・9・10・11・12・1月
合計　五〇〇〇円
笹沼自然塾　笹沼　福男

以上がB5判の記事である。

この書類の委細は次のようになる。

笹沼自然塾（有）は昨年六月をもって閉鎖（会社登録を抹消）したので、その後の七月から今年一月までの受講料の一部を返金する。

ただし会場費、傷害保険料、通信費、添削資料等の講座に要した経費相当分として一〇〇〇円を受講料から差し引いて返金する。

「歩いて俳句」の場合は受講料二〇〇〇円から経費相当分一〇〇〇円差し引いた一〇〇〇

円を返金する。

「土曜俳句」と「句会」の場合は受講料一五〇〇円から経費相当分一〇〇〇円差し引いた五〇〇円を返金する。

支払い対象金額は、講座名の下の七月から今年一月までの参加した月（〇印）の合計額である。

例えば池田留八［末生］の場合は、一年ほど前から「歩いて俳句」一本に講座を絞っていたので、丸印の⑦⑨⑩⑪①の五回分、五〇〇〇円の返金があった。

隣の席に座っていた水谷吉男［小吉］は三つの講座を受講しているので、合計一万円の返金があった。なお、前年の八月と十二月は講座が休みの月である。


Ａ４判の書類は次の内容である。

俳句勉強会「潮」会則案と運営案

第一条（名称）　本会の名称を「俳句勉強会　潮」とする。

第二条（目的）　本会は俳句の向上を目指し会員相互の働きかけを自主的に行うとともに会員相互の親睦を図る。

※親睦を図る目的は会員各自の人間性の向上を図ること。

第三条（会員）本会の会員は本会の登録会員をもって構成する。
①入会は現会員の推薦が必要であり、会員の承認をもって会員とする。
（結社所属の有無は考慮しない）
②個人の申し出をもって退会を認める。
③会員が精神的又物質的被害を会及び会員に与えた場合は会員総会を臨時に開いてその処分を決める。（除名処分等）

第四条（役員）本会は会員の互選により次の役員を置く。
会長　一名
副会長　一名
会計　一名　会計監査　一名
事務局　一名
※役員会は総会前の他は必要に応じて開く。

第五条（任期）役員の任期は一年とする。但し、互選による再選は差し支えないものとする。

第六条（総会）総会は年一回開き、役員の選出・活動計画・会計報告等を行う。
議案は会員が役員会に提案できる。

臨時総会は、役員は役員会の過半数、会員は会員の過半数をもって開催を請求できる。

第七条（運営）
会の運営は役員会において合議の上で決定する。
当面の講座は「歩いて俳句」「句会」「土曜俳句」
その他、宿泊を伴う研修や吟行。

第八条（会費）
入会金及び月々の会費は徴収しない。但し各講座の責任者が講座運営の必要経費（講師謝礼金・会場費・会場光熱費・食糧費など）を徴収し、支払いに充てる。残金は会の活動費に回す。

第九条（講座責任者）
講座の責任者は各講座の参加者で互選して決める。
責任者は会場の予約・吟行地の選定等を行い会員に速やかに連絡する。

第十条（慶弔）
会員の祝事、弔事、入院等が起きた場合の見舞金等は会計から支出し、後日必要額を会員から徴収する。但し個人負担額は当面二〇〇〇円以内とする。

第十一条（傷害保険）
講座に関わる傷害保険等は別途加入する。
損害賠償責任保険は会員の相互信頼を大切にするために保険に加入しない。

（機関誌）
機関誌「潮」は役員会が活動を始めた段階で終了するものとする。

但し、会員の意思において担当者を決め存続させることが出来る。
（当座の運　本会が成立した段階で平成X六年七月からの収支を清算し本会の会計に
　営資金）　委譲する。
平成X六年六月までは笹沼自然塾の会計として税理事務所の主導のもと
に清算し、閉じるものである。

本文は平成X六年八月に原案を作成し、同年十二月三十日に清書したものである。

平成X七年一月に会員に提示予定。

笹沼　福男

備考
本規約を定める目的は、本会が笹沼福男個人の運営ではなく、会員が自主的運営に当たることで、幅広く講師を迎え自由闊達な運営が可能になるものと考える。

以上がA４判の記事である。

生徒たちが朝から疑問に思いながら、誰も声を上げずに待っていた今日の講座料一〇〇〇円の理由を漸《ようや》く知ることができたのである。

要するに先生が経営するこの自然塾は、会社登録を昨年の六月に抹消しているために会

郵便はがき

料金受取人払郵便

新宿局承認

2524

差出有効期間
2025年3月
31日まで
(切手不要)

160-8791

141

東京都新宿区新宿1－10－1

(株)文芸社

愛読者カード係 行

ふりがな お名前		明治 大正 昭和 平成	年生 歳
ふりがな ご住所	□□□-□□□□		性別 男・女
お電話 番 号	(書籍ご注文の際に必要です)	ご職業	
E-mail			
ご購読雑誌(複数可)		ご購読新聞	新聞

最近読んでおもしろかった本や今後、とりあげてほしいテーマをお教えください。

ご自分の研究成果や経験、お考え等を出版してみたいというお気持ちはありますか。

ある　ない　内容・テーマ(　　)

現在完成した作品をお持ちですか。

ある　ない　ジャンル・原稿量(　　)

書　名				
お買上 書　店	都道 府県　　　　市区 郡	書店名	書店	
		ご購入日	年　　月　　日	

本書をどこでお知りになりましたか?

1.書店店頭　2.知人にすすめられて　3.インターネット(サイト名　　　　　　　　　　)

4.DMハガキ　5.広告、記事を見て(新聞、雑誌名　　　　　　　　　　)

上の質問に関連して、ご購入の決め手となったのは?

1.タイトル　2.著者　3.内容　4.カバーデザイン　5.帯

その他ご自由にお書きください。

(　　　　　　　　　　　　　　　　　　　　)

本書についてのご意見、ご感想をお聞かせください。

①内容について

②カバー、タイトル、帯について

弊社Webサイトからもご意見、ご感想をお寄せいただけます。

ご協力ありがとうございました。

※お寄せいただいたご意見、ご感想は新聞広告等で匿名にて使わせていただくことがあります。

※お客様の個人情報は、小社からの連絡のみに使用します。社外に提供することは一切ありません。

■書籍のご注文は、お近くの書店または、ブックサービス(0120-29-9625)、セブンネットショッピング(http://7net.omni7.jp/)にお申し込み下さい。

社としての活動が法的に違反するので、まず今月（二月）分は講座に要する必要経費相当分一〇〇〇円だけを頂くという意味の一〇〇〇円であることが分かった。

併せて「参加費の返還」の書類に書かれてある通り、昨年の七月から今年一月までの先生の報酬分に当たる金額を生徒たちに返金するということであった。

しかしそのことを先生の口からは何の説明もないままに、前記Ｂ５判の返金計算書が今日の終了時に初めて生徒たちに配布されたのである。

生徒たちにとっては思ってもいなかったことなので、その場では容易に理解することができなかった。

それから生徒たちは受領書にサインし、計算されていた額の返金を先生の奥さんからそれぞれが受け取り、そして生徒たちは今日の参加料としての一〇〇〇円と喜捨の五〇〇〇円を支払った。生徒たちにとっては返金されることへの戸惑いと委細の知れぬもどかしさを抱きながらのサインであった。

奥さんのお金の出し入れ作業が終わる頃を見計らうように、先生は配られたＡ４判の「俳句勉強会『潮』会則案と運営案」を手に翳《かざ》して、

「お渡ししたこの書類は提案ですから検討してください」

とだけ言って午後三時過ぎに終了した。

この日に限って先生と奥さんが教室を出られた後も、珍しく生徒たちが残って書類に目

を通していた。いつもと違って奥さんも「教室の最終確認をお願いします」と生徒みんなに言って教室を出て行かれた。

いつもは生徒が残っているかどうかを確かめて、先生か奥さんは必ず生徒が退室したことを見届けてから教室を出ておられた。今日に限って生徒たちが書類から目を離そうとはしなかったからであろうか。それとも説明を避けたかったからであろうか、早々に教室を出て行かれた。

末生は一読して狐に抓《つま》まれたような思いとはこんな思いをいうのだろうかと頬を軽く抓《つね》ってみた。現《うつつ》であった。

この時点では書類の内容をはっきりと理解することができなかったので、先生は何を考えられておられるのだろうか、何か勘違いされてはいないだろうか、なぜ先生の口から説明しないのだろうかと、ただただ不思議であった。

＊

皆が帰り支度を始めた時、誰からとはなしにこの会館を出たら皆で近くの適当な所でお茶でも飲んで帰ることにしようということになった。今日は全員が車で来ているので、広い駐車場がある全国的にチェーン展開しているファミリー・レストランG店に決まった。

すでに午後三時半を過ぎていたので昼食の時間帯もとうに過ぎて席も空いており、ソフト・ドリンク等の注文だけでも気兼ねなくひと時を過ごすことができた。

話題は当然、受講料の一部返金と会則案のことだった。

結局、受講料の返金理由については、笹沼自然塾の会社組織を昨年の六月に解散したのでそれ以降の営業は法律違反に当たるから、この間の昨年七月から今年一月までの講座参加料は実際にかかった金額（必要経費）を差し引いた先生の報酬分が返金されたことを、この時点になってみんなが理解していた。そして生徒たちは先生に申し訳ない気持ちを言葉に表していた。

「会則案と運営案」については、入会した時から今まで笹沼自然塾としての「会則」など聞いたことも見せられたこともなかったので、説明もなく今日いきなり提案書として渡され、これも理解に苦しむばかりであった。

さらに加えて、今までなかったことが細々《こまごま》と書かれているので、こんな面倒くさいことが何で必要なのかというのがみんなの疑念であった。

雑談の途中であったが末生が話を挟んだ。

「今日、書類を貰ったが、フグさんから何の説明もないので、会則だけは細かく書いてあるが意味することがよく分からない。第一、運営については何も書かれていないので、私には意味が全然分からない。笹沼自然塾を閉鎖したと書いてあったが、そのために遡って受講料を返すというのも分からないんだなぁ。

そうだ、私はフグさんに習い始めてちょうど十年になるが、フグさんが『伊豆半島新聞』に出された小さな広告で『俳句を教えます』と書いてあったのを見て、それからずっと俳句を習っているだけで、手渡された書類のように今さら自主運営とか言われても実際考えられないし、その意味が分からない。皆さんは分かりますか。誰か今までフグさんからこんな話を聞いたことありますか」

と問い質したが、当然の如く誰も先生から直接聞いている人はいなかった。

末生は続けて言った。

「フグさんに、これってどういうことって、はっきり聞きたいんだ。フグさんは奥さんと二人掛かりで私たちを面倒見てくださっているようなものだから、いつも思っているのだが採算だって合わないんじゃないかって。それなのに生徒が自主的に運営すれば幅広く講師を迎えて自由闊達《かったつ》な運営が可能だと書いてあったが、いまひとつ理解できない。

俳句を教えてくれる人など、フグさん以外には知らないし、ましてや他の人に講師をお願いするといってもそんな人がどこに居るかも分からないし、講師料だって私たちには全然見当もつかない。そんなことはフグさんがよく知っているはずだと思うのだがなぁ。そのあたりのことを私たち生徒と話し合ってくれればいいと思うんだがなぁ。いきなり組織の会則案だけ渡されても何がなんだか、正直、誰にも分からないよな。

今までだって、渡された書類に箇条書きされているような会則や会費や慶弔のことなど何も具体的なものなど全くなかったし、フグさんが俳句を教えてくれるから来ているし、毎月の案内が来るから都合が良ければ出席しているのであって、会費はその日の参加料だけを支払っていただけで、都合で辞めた人や休んでいる人も居られるがそのまま自由で何の束縛もなかった。みんな高齢の俳句好きという人たちなのだから、みんなもそうだと思うのだが、私などはフグさんあっての俳句愛好者であり、受講者だと思っているんだ」

末生は少し間を置いてから、

「フグさんは、教えるのを辞めたくなられたんじゃないかな。それならそうと言ってくれればいいんだがなあー」と続けた。

すると松魚が、

「末生さん、それはないんじゃない？」と言った。

しかし、末生は少しためらってから、続けた。

「それに……、今日の返されたお金も、もしかしたら先生に返すことになるかもしれないよ」

「末生さん、それもないよ、先生は一度返した金を、返せと言うような人じゃないから、末生さん、それはないよ。皆さん、どう思いますか？」

と即座に松魚がみんなに同意を求めるように言った。

当然の如く松魚の言葉に誰もが頷いていた。

ややあって笙子が、

「末生さん、どうしてそう思うの」と聞き返すと、みんなの視線が末生に集まった。

「松魚さんの言うようにフグさんがそんな人でないというのは今さら言うまでもなく、俺だって十分承知しているよ。十二分過ぎるくらいだよ。だからそんな意味で言ったんじゃないんです。それは分かってほしいな。どうしても返金されたことに納得が行かないから、そう言っただけなんです。逆説的というか、先回りというか、そんな意味で。

だってフグさんがいろいろ俺たちにやってくれていたことが同じなのに、登録抹消したからって、その期間の分は無報酬というのがどうしても俺には解《げ》せないんですよ。はっきり言うと、この金は逆に返すべきじゃないかと思っているんですよ。じゃないとおかしいじゃないですか」

その言葉を引き継ぐように、テーブルを挟んで末生の真向かいに座っていた小吉が言った、

「そう言えばそうだなあ、この講座は、今日は八人参加したが、多い時でも十人ぐらいでしょう？　少ない時もあるし、いつだったか私一人の時もあった。生徒二人の時だってあった、それでも先生は奥さんと二人で一日掛かりで。今日の計算だと交通費を含めて一人当たり実質一〇〇〇円の礼金のような報酬で教えていたことになるわけだから、末生さん

の言う通り、申し訳ないと思うよ。

私は『土曜俳句』も『句会』も参加しているが、人数も少ないので今日の半数以下が普通だから、これなどは先生の取り分というか、生徒一人分が五〇〇円ということになる。『歩いて俳句』と違って教室で習うだけだから特に交通費などがないとしても、たとえ先生に年金があるにしても、趣味で教えているにしても、返してもらう必要などないと思う。なぜ先生は返されたのだろうか、本当に分からないな、先生は真面目な人なんだなー」

すると笙子が付け加えるように、

「私はまだ、よく読んでいないので、よく分からないし、それに私たち、渚さんも舞さんもこの市の者でないから、離れている所だし、難しいことはできないし」と言ってから、「お二人はどうですか？」と、白浜から来ている渚と舞に促すように言うと、二人は黙って頷いていた。

末生が言葉を繋《つな》いだ。

「フグさんが何も話してくれないから分からないんだ。同じことを繰り返すようだが、具体的にこの話を先生から聞いている人は誰もいないんでしょう？　それが不思議なんだよ。何でいきなり返金や会則になるのだろう。何で会則案になるのか分からないんだな。

フグさんのやっていることは逆だと思うんだ。このようなことは、生徒たちにまず言葉で、先生の口で相談することじゃないのかな。生徒たちに自主運営をする意思があるかどうか、それを確認してからだと思う。そして運営状況などを先生から生徒たちに説明し、その上で判断するのが当然だと思うんです。

自主的運営って、経営するってことでしょう？　生徒たちが経営するってことなんだよ。会則案とか運営案というのは、運営する人が自主的に作るものでしょう。先生が自然塾を閉鎖したからって、生徒に自主運営を勧めているにもかかわらず、運営から外れるはずの先生が会則や運営案をいきなり提案されることも分からない」

そう言ってから、

「どうですか、フグさんに説明してもらうことにしない？」と続けた。

この問いかけにみんなが賛成した。

末生は、

「それじゃ、説明してもらうことにしようよ、みんな分からないんだから。今日は説明がなかったし、こちらも質問する余裕すらなかったんだから……」と言ってから、

「どうしようかな、私が連絡してもいいけど、誰か連絡してくれる人いますか」

と問いかけた。

これに対して小吉が手帳を見ながら、

「今度の『土曜俳句』の時に私が頼んでみましょうか」と言った。

「それはちょうどいい。皆さんどうですか」と末生がみんなに聞き質した。

その時、すかさず笙子が、

「末生さんより小吉さんの方がいいよ。都合もいいようだし、末生さんだと先生に『何ですか、これは！』なんて言いかねないからね」と言って笑った。

第二土曜日に行われる「土曜俳句」は十日後の二月十四日（土）に当たるので、小吉が先生に説明をお願いすることに決まった。そしてお開きになった。

この月の「土曜俳句」の受講予定者は、この中では小吉一人であった。


翌月の第一水曜日「歩いて俳句」は三月四日である。この日は小田原市の曽我梅林への吟行であった。

この日の講座で末生が先月提出した「立春の豆こぼれをり……」に対する先生の評価は◎特であった。

立春の豆こぼれをり浦の露地　　末生

句評は「追儺の豆が露地に残っているという、それを翌日の立春の日に詠んで時間の経過を見せ、撒かれた豆の変化を感じ取らせています。下五『浦の露地』で漁業の町の狭さもよく表現されています」と書かれていた。

しかしこの句評には、末生が思い悩んでいる核心には触れられてはいないのである。「立春の豆こぼれをり……」の中に、果たして先生が書いているような時間の経過と撒かれた豆の本質を誰もが感じ取ってくれるだろうかということである。やはり先生も一緒に吟行されたので、節分の豆であることを知っておられるゆえの句評ではないだろうか。改めて自分の原句を目にして疑問が深まるばかりであった。

末生は助詞「に」、または切れ字「や」も含めて推敲時から続く疑問を、先生がこの句を読み上げられた直後に質問していたのだった。

「先生、よろしいでしょうか、一つ教えてください。この句を詠もうとした時から分からないのですが、『立春の豆……』で豆まきの豆だと一般の人が分かってくれるだろうかということです。『立春の豆』の『の』で……」

「…………」先生は書面を見て黙って考えておられる。

生徒たちもこの助詞「の」について考えをめぐらしている。静かな空気が暫く続いた。その沈黙の隙間にやや重苦しい空気が流れ始めたのを感じ取った末生は、間をもたせるように言った。

「この句を捻《ひね》っている時に、立春の『の』を『に』か、切れ字の『や』ではどうかと考えてみたのですがね……」

「…………」先生は黙ったままだった。末生は小さな声で、

「やっぱり難しいなあー、俳句は！」と呟《つぶや》いた。

「………」先生はそのままだった。

　末生はさらに続けた。

「それと、歳時記を幾つか見たのですが、立春の例句の中に石田波郷の『立春の米こぼれをり葛西橋』という句があるんですよ。実はこの句、これまでもいろいろな書面で何度も見ている句なんです。それでその時、私は違反してしまったような気がしたんです。先生に類似句だと言われるんじゃないかということです。

えーと、皆さんの歳時記の立春の項目にあるはずです、有名な句ですから、皆さんも知っていると思いますが、手持ちの歳時記を見てください」

　やや気まずい雰囲気を和らげたい気持ちもあって、左右の生徒たちへ話を振り分けるように言葉を選んで言った。

　これに反応したのが松魚だった。

「本当に似ていますね、違いは米と豆、それと場所だけだ。末生さん、これは違反キップかな」と言った。

「やっぱり、そうなるかな」と末生が諦めきれない風に言葉を合わせた。

　続いて渚が、

「うーん、末生さんには悪いけど、私も類似の句になると思います。助詞が『の』では、この場合無理だと思います。節分の豆であることを認識させるものがないと思います」とすまなそうに言った。

「平気です。どんどん言ってください」と末生が言った。

その時だった。笙子が笑いながら、

「末生さん、考え過ぎだよ。えぇ～じゃん、この句、◎特貰っとるずらぁ～な、それでぇぇーじゃないがよぉ～」

語尾に伊豆の方言を入れて、おどけ気味に言い放ったのである。

そして誰もが笑った。先生も顔を上げて笑ったのを見て末生はほっとした。と同時に笙子は大人だなぁと思った。生徒たちはみんな重苦しい空気を吸っていたのだろう。

「そうだな、笙さんの言う通りだ。分かりました。先生どうもありがとうございました」

と末生は自分でも訳の分からない感謝の言葉を口走っていた。質問の核心からは大きく外れたもどかしさを残したままに。

この日は梅林への吟行であったので、先月の作品評価は野外で弁当を済ませた後にその場で行われたのである。このような時は先生が句評を読み上げた後、書ききれなかったことを言い足して終わる。即座に生徒が「ありがとうございました」と言って終わるのがいつものことだった。そして先生は時間を気にしながら次の句の読み上げに入るのだった。

一人の質問でこのような形になるのは珍しいことである。読み上げられた句評について、先生と議論するようなことはなかった。この時も先生と論議を交わしたとか、先生が何か説明されたわけではないのである。

今までも先生は印刷などの誤り以外、自分の書いた句評に対する生徒からの質問や異見には、決して修正を加えることも認めることもしなかった。

この日もみんなが笑い終わった後には、「次へ行きまーす」と先生はいつものように講座を進められた。

生徒たちの句評読み上げが終わると、最後に先生が自身の七句を読み上げられた。その中に今日も末生が疑問に思う句があった。

窓閉ぢて聞き逃したる初音かな　　フグ（先生）

俳句は視覚、聴覚、嗅覚、味覚、触覚、さらに第六感といわれる個人特有の勘など、身体の内外から受ける光や音、匂いや温度等の刺激に対する心的現象を十七音の韻律で表現する文芸ではなかったかということである。当然ながら先生自身がこれまで教えてこられたことである。

第一に「聞き逃《のが》した」ものがなぜ「初音」と分かったのか不思議に思えるのである。先生は何を訴えようとされているのだろうか。

初音を聞き逃したと言っているに過ぎず、そのために「初音」以外の音であっても当て嵌《は》まる句ということになる。末生にとっていまひとつ分からないのが「季語が動く俳句」のことだが、このような句を言うのであろうか？

先生の句だから学習のためにいろいろ検討してみるのだが、この句は文章の意味合いからしても少しおかしいのではないだろうか。

上五「窓閉《まどと》ぢて」は閉めるという（作者の）意思が働いている言葉であるにもかかわらず、中七では捉えようとしたものを捉え損なうという意味の「聞き逃したる」と詠まれていることである。「逃す」には捉えることのできるもの、または捉えていたものを故意に放してしまうという意味合いもあるからだ。

さらにこの場合の「初音かな」は、作者が聞いていなければならないはずの下五ではないだろうか。俳句はこの原点をもって構成するものと教えてもらったように覚えている。その意味からも原句は「窓を閉めて初音（＝囀《さえず》り）を遮った」と逆にも解釈されるのではないだろうか。

こんなことを思いながら聞いていたのだが、この日の講座は生徒の誰からも質問などなく終了した。いつもこのような疑問を質問するだけの時間的余裕も適切な言葉も見当たらずに終わってしまうのである。

しかし先生がこの句を詠まれるきっかけになったのでは、と思われるような微笑《ビショウ》の提出句があった。そして先生の句評の中にもあった。

何処からも聞こえぬ夕べ鬼は外　　微笑

先生は句評の中で次のように書いておられる。

「昔はどの家も玄関や戸を開け放って大きな声で豆まきをしましたね。最近では大声を出すと何か誤解されそうな心配もあります。それに、サッシなど家の遮音構造で音が聞こえなくなっているのですね。先日も、近所のおじさんに『初音聞いたよ』と教えてもらうまでは家内と『今年は鶯がまだ鳴かないね』と話し合っていたところでした。子供が少なくなったのも豆まきの声が聞こえなくなった原因かもしれませんね。……」と。

結局、先生は近所のおじさんに鶯が鳴いていたことを教えられて初めて、自分は家の窓や戸を閉めきっていたために今まで聞き逃していたことに気付かされたのであろう。その経緯をそのまま詠まれたのではないだろうか。

しかし微笑の「何処からも聞こえぬ……」の句は、節分の夜の隣近所の雰囲気を受け止めているのである。その中にあって昔はあちらこちらから聞こえてきた豆まきの声が、今夜はどこからも聞こえてこなかったと詠んでいる。

それゆえにこの句からは先生の句評のように受け取る人もあるだろうし、周辺の家々が核家族化していく時代の移り変わりを感じ取られる読者もいるはずである。

どちらの句も作者には聞こえてこなかった対象を詠んでいるのだが、先生の「窓閉ぢて……」の句はまるで白河夜船である。もし、近所のおじさんに教えられたことや微笑のこの句に出合った背景の基で先生が句作されたのであれば、あまりにもモチーフ（動機）が安易に過ぎるのではないだろうか。

先生が言っておられた「俳句は歩いて観て聴いて触れて感じて作るものであり、頭で作ってはいけない」という趣意で名付けられた講座名「歩いて俳句」の大義名分はどこへ行ってしまったのだろう。

例えば「今朝早く初音聞いたと教えられ」と素直に詠んだ方が趣意に合うのではないだろうか。

さらに微笑の提出句の中に次の句があった。

競り市場終えて閑散冬かもめ　　微笑

先生の評価は◎特だった。句評には「朝の競りが終わって、静かな魚市場の情景を『冬かもめ』の季語で十二分に表現された良い句です。寒さも感じる句になりました」と短く書かれていた。

末生はこの句を読んで、作者には申し訳ないが中七が上五を説明しているに過ぎないのではないだろうか。そして先生が高く評価されている「冬かもめ」の季語も取って付けたように感じられた。

市場には伊東漁港のような所だけでなく、各漁港から集められた魚介類を競りにかける東京都中央区にある豊洲市場のような所もあるので、先生が評価されている「冬かもめ」の季語では背景が狭過ぎると同時に内容がちぐはぐに思えるのである。

それならばこの句をどのように添削すれば良いか末生は考えてみた。

できるだけ原句を崩さないためには、「市場」という言葉を同じ意味をも持つ「河岸《かし》」に変えれば「魚河岸」「魚市場」の意が強くなって背景も広がり、それまで空を占めていた鳥たちまでが見えてくるように思える。さらに文字の感じから上五「競り市場」に対する中七の「終えて閑散」の説明的な内容も緩和されて、その分「かもめ」の飛ぶ姿も疎《まば》らに見えてきて、辛うじて地方の水揚げ漁港の寒さを感じる句になるのではないだろうか。

次のような句ではどうだろうか。

競り終へて河岸閑散や冬かもめ

原句の「競り市場終えて」は口語体で詠まれているが、末生の添削を試みた句は切れ字

「や」を入れて、「競り終へて」と文語体にしている。

この日、小田原から帰る電車の中で、それまで幾度となく筆削を重ねていた「立春の豆こぼれをり浦の露地」の句は、次のように変えようと思った。

春立つや豆が散らばる浦の露地　　　末生

*

先月の立春の日（二月四日）に先生から渡された「自主運営案」について、先生に説明してもらうよう小吉を通じてお願いしていた件は、三月十三日（金）に開催する旨、次のような案内書が届いた。

Ａ４判の用紙には次のように書かれていた。

俳句勉強会「潮」規約説明会・総会のご案内

俳句勉強会代表　笹沼福男

以前に配布させて頂きました、俳句勉強会「潮」の会則案と運営案について皆様に説明し、新年度に向けて討議し決議して頂きたく考えております。このように会則を設けることは、以前から考えており、資料を集めて検討して参りました。さらに、有限会社笹沼自然塾は、昨年六月末をもって正式に閉鎖しました。そのために、営業活動ができなくなりました。この「勉強会」を存続させるのであれば、会則を設けて活動方向を転換させる必要があります。下記の通り説明会・総会を開きますのでご出席下さいますようお願い申し上げます。

記

一、開催日時　平成X七年三月十三日（金）　午前十時から十二時
二、会議場　川奈コミュニティセンター二階会議室
三、参加者　「歩いて俳句」の参加者
「土曜俳句」の参加者
「句会」の参加者
四、議事内容　配布資料（会則案・運営案）の説明と質疑
俳句勉強会「潮」の存続・解散について

俳句勉強会「潮」の会則案・運営案十一ヵ条の討議と決議
その他討議が必要な案件をお持ちでしたらご準備下さい。
（提出議案は人数分プリントしてご持参下さい）

五、議事の運営
議事の進行は、笹沼福男が担当させて頂きます。

六、出欠席
本会に欠席される場合は、決議事項を無条件で承認して頂きます。欠席でもご意見がある場合は文書にて提出頂ければ幸いです。当日欠席する場合は笹沼までご連絡下さい。

七、連絡先
笹沼自宅・FAX　0557-0000-0000
携帯電話　090-0000-0000

以上

これが先生にお願いした「自主運営の説明」に対する返答書である。

まず、表題が「俳句勉強会『潮』規約説明会・総会のご案内」となっているのが不可解である。

二月四日の「歩いて俳句」の時に渡された「『潮』会則案・運営案」などよりも、生徒たちは今後のことについて先生と話し合いの場を持ちたくてお願いしているのに、今度もまた規約説明・総会になっている。

先生に俳句を習い始めてから十年近くなるが、笹沼自然塾並びに俳句勉強会の会則や総会など一度も聞いたことはなかったのである。

挨拶文の中では会社を閉鎖したので教えられなくなったと書いているのに、そのすぐ後に「この『勉強会』を存続させるのであれば、会則を設けて活動方向を転換させる必要がありますす」とあり、「下記の通り説明会・総会を開きますのでご出席下さいますようお願い申し上げます」と、なぜか先生の一方的な文章になっている。

生徒たちが聞きたいことは、先生が書いておられる「この『勉強会』を存続させるのであれば」の部分なのである。このところを先生と話し合い、これからも教えてもらえるのかもらえないのか、教えてもらえないなら他の俳句の会に入会するか、みんなで俳句の会を立ち上げるか、判断するだけのことなのである。

現在、市の文化連盟に加盟しているほとんどの俳句の会は愛好者が集まって立ち上げた団体であり、お互いの会費によって運営し、一番安易で一番安上がりな方法で俳句を楽しんでいる。

先生が書いておられるような「活動方向を転換させる＝生徒たちが自主運営すること」など誰も考えてもいないことであり、意味がないことを知っている。

この「ご案内」を読み解いて行くと、筋違いなことばかりが書かれている。

開催日時、会議場、参加者については、先生の都合次第なので異存はない。

議事内容に関しては、配布資料（「潮」の会則案・運営案）の説明と質疑になっているが、生徒たちがお願いしていることではないので全く関係のないことである。むしろこの議事内容を難しくして、何かをカムフラージュするかのようでもある。

議事進行は、笹沼福男が担当しますと、とんちんかんなことを書いている。

出欠席については、「本会に欠席される場合は決議事項を無条件で承認して頂きます」とあるが、会社登録を抹消し、そのために返金までした先生が、何の権利があってこんなことが書けるのか理解に苦しむ。また、表現が些《いささ》か脅迫めいているのも笑止千万である。末生には今回の規約説明会・総会と称する一連の言動は、今までの先生には到底考えられないことばかりであった。

生徒たちは皆が高齢者であり、俳句を習って少しでも余生を楽しく過ごそうとしている従順な人たちであるにもかかわらず、それを知りながら生徒たちが求めることを説明もせず、遮二無二自身の考えだけを押し通そうとしている。

末生が最初に疑問を抱いたのも、先生が会社登録の抹消を理由に、何の前触れもなく半年前まで遡って計算された参加費の一部を突然返金された時である。

あの時は生徒たちの誰もが虚を衝《つ》かれた様子であったが、末生もまた狐に抓まれたように感じたことを覚えている。もし先生が前もって話されておられたならば、助言できることだってあった。

社会人であれば大抵の人は知っていることだが、会社登録を抹消したからといって返金する必要など全くない。閉鎖後であっても個人所得として年度末に確定申告をすれば済むことなのである。給与所得者にとっての年末調整と同じことで、税務署としても歓迎していることである。今回の先生の納税額などはほんに知れたことである。このようなことを先生が知らないはずはないと思ったが、前もって何の説明もなく突然返金されたことを考えると、先生のわざとがましささえ感じられた。

さらに先生があの日の帰り際に「これは提案ですから検討してください」と書類を翳して言った「『潮』会則案と運営案」の最後に書かれていた「備考」の文言についても是非説明してもらいたいことであり、先生の真意を質したかったことである。

「備考」の部分を再記すると、「本規約を定める目的は、本会が笹沼福男個人の運営ではなく、会員が自主的運営に当たることで、幅広く講師を迎え自由闊達な運営が可能になるものと考える」となっている。

まず、唐突に生徒たちを「会員」と記述しており、その会員（生徒）が自主的に何を、どのように運営すれば幅広く講師を迎えることができて、さらに自由闊達な運営がどうして可能になるのか、是非にも先生に教えていただきたいことである。

また、文中に「幅広く講師を迎え」と書かれているが、俳句の講師をしてくれるような人は笹沼先生以外に誰も知らないし、有名な俳人は大勢おられるが、一地方の年金暮らしの僅かな人数の生徒たちがそのような先生方を講師にお呼びすることなど、無理なことは先生が一番ご存じのはずである。

例えて言うならば、ある学習塾が何らかの事情により塾を閉鎖して、学習塾の生徒たちに「自主運営すれば幅広く講師を迎え自由闊達な運営が可能になる」と言っているのと同じことなのである。

この「潮」規約説明・総会は、予定通り三月十三日（金）に開かれた。午前十時には会場の川奈コミュニティセンターに先生ご夫妻と生徒十四名、合わせて十六名が集まった。

生徒は末生、小吉、松魚の男性三名と、微笑、笙子、渚、舞、素子、サラダ＝本名［高橋絹代］、水絵《ミズエ》＝本名［鎌田瑞恵］、道子《ミチコ》＝本名［桜田道子］、捨《ステ》＝本名［服部英子］、絹《キヌ》＝本名「斉藤絹子」、ポチママ＝本名［大胡《おおご》美代子］の女性十一名である。

講座の時と同じように先生が議事進行を行い、立春の日（二月四日）に渡された「俳句勉強会『潮』会則案と運営案」の会則条項の議事に入り、第一条から細々《こまごま》と読み上げてなお、賛否を検討することに終始し、時間が過ぎていった。

その中で繰り返し先生が討議を持ちかける第四条の役員人事に関しては、当然の如く引き受ける生徒はいなかった。また、生徒たちがお互いに推薦し合うような声も上がらなかった。

会長一名、副会長一名、会計一名、会計監査一名、事務局一名となっているが、生徒たちの多くはこんなに役員がなぜ必要なのかという不審の思いと、細々と書かれた会則一辺倒の読み上げに困惑するばかりであった。

合間を縫って、何人かの生徒から俳句講座の今後のことや先生の去就についての質問を投げかけていたのだが、それには応えることなく先生は会則条項の読み上げ順を追うばかりであった。生徒からこのような質問が投げかけられた時には、決まって松魚が話の焦点をはぐらかすような合いの手を入れていた。それは先生に都合の良い言葉を差し挟むものであった。

正午に近づいた頃、末生が先生に問いかけた。

「先生、第四条の役員の件ですが、ちょっといいですか。役員は会員の互選によって決めるとありますが、役員、特に会長は運営の責任者ですよね。いわゆる生徒が自主運営するということなので、この会を経営する人になるわけですね？　先生は会社を閉じられたので仕事ができないから、経営の責任者を互選して決めるということですよね？　ちょっとおかしくないですか？　これはどういうことでしょうか？」

「………」

先生は口を開かなかった。

ややあって、末生が、

「私は一生徒ですから、それにもう歳だから、経営や運営など無理です、私は駄目です。こんなことは誰でも無理だと思いますから、私は……」

と言いかけた時、松魚がとっさに言葉を挟んだ。

「先生、幹事ではどうでしょうか。そしてあとで話し合うことにしたらどうですか。もう時間もないですから……」

先生はその言葉に頷き、時計を見ながら、

「あー、もう時間になるんだ。そうしますか、そうしましょう。それでは皆さん、幹事さんを推薦してください」

と生徒たちにいとも簡単に呼びかけた。

程なくして女生徒たちの間から、

「私たちには分からないから男の人たち、三人にお願いしたらどうでしょう」

という声が上がった。

このような声が上がるのは、大方の生徒たちには今日の会議の内容や会話のやり取りが何を意味しているのか、またこの会の主旨がよく理解されていない表れでもあるが、それよりも先生の訳の分からない行動に面倒くささえ感じ、どうでもいいから誰かに早く決めてほしいという思いが強くなっている心情が感じられた。

末生は先生を信じきっている生徒たちだから仕方がないとはいえ、やるせない思いであった。先生の心根を疑うばかりである。

先生は女生徒たちの声を捉えて、

「それでは、三人の方が幹事ということでお願いできますか？　松魚さんは市の俳句協会の副会長さんを務めておられて大変でしょうが、何とかお願いできますか？」と言った。

松魚は書類から目を離して、無言のまま先生に頷いた。

そして、先生は、

「あとは、末生さんと小吉さんにお願いすることになりますのでよろしくお願いします」と言った。

末生はすかさず、

「私は無理だと思うのでできません、申し訳ありません」と言った。

その時、松魚が、

「末生さん、何を言っているんですか。末生さんが受けてくれないと、小吉さんも私も困るんですよ。笹沼先生とこの勉強会のために協力しましょうよ。女性の方たちもお願いしたいと言っておられるんだから、力になってくださいよ。小吉さんは当然、皆さんの頼みを受けてくれますよね」と小吉を向いて言った。

小吉は少し間を置いて、先生に向かって、

「私も歳だし、できません」と言った。

横並びの席にいた松魚が、

「あれ！　小吉さんもどうしたの？　先生と長い付き合いのお二人がそれじゃ、話にならないじゃない。この町の俳句界のためにも協力してくれませんか。改めてお願いします」

と言って、女性たちの方を向いて、

「先生もあのように仰っているのだから、皆さんもお二人に頼んでください。私も入れていただいて、男性は三人だけなので、一人じゃ話し合いもできないから、是非、お二人にお願いしてください」と頼み込むように言った。

それからは末生と小吉に対して、女生徒たちから幹事引き受け依頼の言葉がまちまちに交わされていた。

結局末生は、会長、副会長などの役員は未定であり、あとで討議するという余地を残しているので、その時に道理に合わない事柄を示せば先生も無謀さに気付かれるはずだと考えた。そして無下に断り続けるわけにもいかないので一応引き受けることにした。

小吉も渋々承知した。

終了時間の正午を三十分、過ぎていた。

そして松魚が先生に報告するような口調で、

「先生、幹事が決まりましたので、申し上げます」と言ってから、

「水谷吉男さん、池田留八さん、それに私、寺沢勝男の以上三名です」と言った。

先生はにっこり笑って、

「決まって良かったですね。皆さん、ご苦労さまでした」と言って、会則案用紙、第四条（役員）の余白に三人の氏名を書き込んで、隣の席の奥さんに手渡しながら、

「少し時間オーバーしましたが、皆さん、今日はご苦労さまでした。気を付けてお帰りください」と言って終了した。

規約説明会という総会は、生徒の質問には一切答えることなく、議事項目の読み上げに終始し、案の定の結末で終わった。

末生はこの説明会での先生の目に余る作意と、松魚の生徒らしからぬ言行に違和感を覚えた。そして二人には、何かもやもやした示し合わせがあるように感じられたのだった。

先生症候群

　末生が先生の講座に参加したのは今から十年前である。先生が自然塾（俳句勉強会）を開設したのはその一年前と聞いているから第二期生ということになる。その年は『伊豆半島新聞』に「俳句を教えます」と生徒募集の記事が載ったこともあって参加希望者が多く、そのほとんどの生徒がそのまま習い続けているというのがこの会の現状である。その二期生が末生、小吉、微笑、笙子、渚、舞、水絵である。他に都合によって参加する生徒が四、五人いる。

　その年以降は紹介などに限っての参加希望者だけなのであまり増えることはなく、その中で習い続けているのは松魚と素子である。

　松魚は、以前からメンバー六〜七人の俳句会に所属しており、先生が説明会で話しておられたように、いつの頃からか市の俳句協会の副会長を務めている。

　所属する俳句の会も市の俳句協会に加盟しており、俳句関係者にはよく知られている人で、先生の勉強会には初めの頃はたまに参加する程度であったが、頻繁に参加するようになったのは三、四年前からである。

小吉も伊東に長年住んでいる人だが、俳句は先生の勉強会に応募をしてからの愛好者である。

末生も小吉と同じく二期生になってからの愛好者であり、応募する一年前に東京から伊東に移り住んでいる。

笹沼先生ご夫妻も東京から移住された人で、末生より一年少し前に移住して来られたことを応募会見の時に話しておられたのを覚えている。

お二人は都の公立学校教師を長年務められてのち、定年を機にこの地に移住され、自然塾を開設して俳句を中心に活動されている。

このように先生と二期生は十年来の付き合いである。

翌四月の講座「歩いて俳句」は四月一日（第一水曜日）に当たるのだが、先生からはその後の講座に関しての話は何もなかった。また先生が塾を閉鎖しておられることもあり、今のところ講座開催はどうなるか宙ぶらりんの状態であった。

そして先日の説明会と称する総会で、会長や役員を決める幹事を引き受けた末生と小吉には役員人事の審議が残されているので、先生からの連絡待ちという三月も後半の日々である。

審議の日には、先生が総会と称して今やっていることの理不尽さを説明する良い機会だと末生と小吉は考えていた。

要するに、先生が規約とか総会とか、十数人の生徒たちを相手に行っている行為には、それに伴う内容が何もないということである。

もし生徒の誰かが推薦されて会長に決まったとして、その生徒は何をするのか、また何ができるのかを考えればよく分かるはずである。これを思えば先生の絵空事のために無責任な推薦などできるはずがないのである。


そんな中、先生から四月の「歩いて俳句」は恒例の通り、四月一日の第一水曜日に行う旨の案内状が届いた。

午前中は郊外の松川湖畔（奥野ダム）へ桜を求めて吟行し、午後は中央会館（図書館）第一研修室にて生徒たちの作品評価を行う予定となっており、参加費は一〇〇〇円になっていた。ただし講座中の傷害保険については三月末日をもって解約しているので、もしもの際は各自の責任でお願いしたいと書いてあった。

そして、今月の案内状には、他に伊豆俳句勉強会の「俳句通信『潮』」が同封されていた。

この「俳句通信『潮』」は、四季折々に先生が伊豆地方の風物や教え子たちの作品など伊豆俳句勉強会の近況を掲載し、不定期ではあるが機会あるごとに発行している先生の冊子である。

それは、先生が所属する俳句結社「鳩」の本部をはじめ、先生の知り合いの俳句関係者の方々に先生自身と伊豆俳句勉強会の近況を報告するような形で送り続けている、Ａ４判で四ページ程度の機関紙的な小冊子である。発行時には生徒たちにも案内状と共に届けられていた。

そして先生は本部発行の月刊同人誌「鳩」に俳句を投稿しており、さらに「自然の声を聞き分ける」という先生専用のエッセー欄も持っており、笹沼自然塾を開設された当初からずっと続けられている。先生にとっては本部との絆の一つであり、幹部の中には身内の人が二人おられるということで、先生も準幹部の地位にある人と聞いていた。

生徒たちも勉強会に参加して間もない頃から同人誌「鳩」を紹介されて、時には俳誌を頂くこともあり、「課題句」の投稿欄などもあって、末生と小吉は二、三年経った頃に一緒に購読申し込みをした覚えがある。

その頃は勉強会の男性生徒は末生と小吉の二人だけであり、二人は同世代のせいもあって気の合う仲になっていた。趣味も共通なので話題に事欠くこともなく、電車での吟行の帰りなどには伊東駅で下車し、近くの飲み屋で一杯やっては、最後にカラオケで締めるのがいつものことになっていた。

ただ、先生は二人とは違って全くの下戸だった。これまでには泊まりがけの俳句研修会や懇親会など幾度も飲み会の場はあったのだが、アルコールは一切口にしない人だったので、なぜか真面目（？）な話が多かったのである。
もし先生が下戸でなければ、一連の理不尽な行動などは小吉と二人で説得していたはずだと思う半面、数か月ほど前からの心変わりと、口では応えてくれない先生には取り付く島もなかった。
四月の「歩いて俳句」の案内状に同封されてきた俳句通信「潮」の1面には、次のように書かれていた。
伊豆俳句勉強会
俳句通信「潮」　第Z五号
平成X七年三月二十二日
笹沼自然塾は平成X六年に開設し、伊豆「俳句勉強会」や「自然体験塾等のツアーガイド」の仕事をして参りました。しかし七十歳という年齢からガイドとしての責任ある行動の限界を感じ、昨年六月をもって笹沼自然塾を閉鎖しました。
就いては、俳句講座が存続している以上は、これらを同時に閉鎖するのは好ましいこととは言えず、継続して参りました。

そこで、以前から考えていた通りに、俳句勉強会を参加者の自由意思で活動を続けてもらうようにしました。「俳句通信『潮』」も廃止することを含めて、俳句勉強会の会員の姿勢にお任せしようと考えました。

総会を開いての話し合いの結果、会の運営は複数の幹事を置くことで進めることになりました。この俳句通信「潮」は笹沼福男が続けることになりました。

現在、伊豆の講座は「歩いて俳句」「土曜俳句」「句会」の三つです。

伊豆俳句勉強会の幹事は、次の通りです。

・幹事長　水谷吉男氏

・幹事　池田留八氏

・幹事　寺沢勝男氏

※寺沢さんは全日本俳諧連盟理事、市俳句協会の役員をなさって大変多忙な方でありますが、本会への指導助言を仰ぐために敢えて幹事に就任して頂きました。

尚、本会への提言などありましたら、遠慮なく俳句通信「潮」担当の笹沼福男までお願い致します。

連絡先　住所　〒010-0000　伊東市洗足町○○○の○○○

携帯電話　０９０‐００００‐００００

Eメール　0000000000@000000000

（……　続くが省略　………）

先生が遮二無二追い求めていたことが明白になった瞬間である。それは末生が薄々感じていたことでもあった。これで役員人事に関する審議などの連絡は末生と小吉に来るはずもないことが分かった。

先生はこのように自分の開設した塾を閉鎖するに当たって、俳句部門だけは後継者に譲り渡した風を装いたかったのである。それも年度末の三月末までに形作りたかったため、他の手段を選ぶ余裕がなかったのであろう。

この通信「潮」を読んで分かるのは、これは俳句結社「鳩」の本部並びに先生の先輩や同輩の俳句仲間宛てに書かれた文章になっていることである。

前にも書いたように、もともとこの俳句通信「潮」は、本部やその他の関係者への先生の機関誌的な小冊子であるために、当然ではあるが規約説明会と称する「総会」の時の生徒たちとのやり取りとは、あまりにもかけ離れた嘘を書いていることである。

それにもかかわらず、先生は生徒たちにも平気でこの「小冊子」を届ける先生になってしまっている。先生は先生を長くやっているうちに、「先生症候群」を患ってしまったのだと末生は思った。

末生が考える「先生症候群」というのは、資格を持って業務を専門に行う人や人を教え導く先生と呼ばれる人たち、例えば学校の教師や部活動（特に運動部など）の講師の中には、「教授する」という名目で一部の生徒に対して無理な要求や差別、虐待、果ては暴力、時には猥褻な行為をする者が現れることである。いわゆる心身に苦痛を与えるパワハラや、性的ないやがらせをするセクハラといわれる行為である。

これは師である自分に対して生徒たちが当然の如く従順であるがために、いつの間にか先生の脳裏には小さな宇宙が形成されて、やがてその空間の支配者、独裁者然となってしまうためである。

もともと先生という言葉は自分より先に生まれた人の意であるが、教師、師匠、医師、弁護士、代議士など学識のある人や指導的立場にある人を高めていう言葉であり、敬称として名前の後に付ける言葉でもある。それゆえにその優越感に溺れて人間性を失ってしまうのである。

しかし先生と言われる人たちは、「生徒がいて初めて、先生と言われる自分が存在している」ということを忘れてはいけないのである。

笹沼先生が伊豆に移住された頃は伊豆半島に結社「鳩」の会員（生徒）を増やすという使命感を持って笹沼自然塾を開設したはずである。その後、十余年経った今、結社や関係者に対して十数人の生徒を最後に自分で幕を引く報告だけは避けたかったのであろう。

結局、先生は伊豆半島に育んできた「俳句勉強会」が、これからは三人の幹事によって引き継がれるという恰好《かっこう》と、自分は高齢のためにやむなく後進に道を譲るふりを装おうとしているのだ。

そのために先生は自分の七十歳を口実にして、生徒の誰かに引き継がせる方策とその段取りで頭がいっぱいだったのであろう。どうりで先生の俳句にしても、生徒の句評にしても、生徒からの質疑に対する応答にも、真摯さというものが感じられなかったわけである。


先生の理不尽さを幾つか拾い挙げてみる。

三月十三日の規約説明会という総会の時のことを、

「……総会を開いての話し合いの結果、会の運営は複数の幹事を置くことで進めることになりました。俳句通信『潮』は笹沼福男が続けることになりました。……」

と先生は書いている。

この時点では寺沢勝男［松魚］の本意は分からないが、先生が松魚一人に※印をつけて丁寧に紹介しているのが異様であり、他の生徒の意思や気持ちや、あの場の雰囲気などのすべてを無視した内容である。

幹事三人を勝手に運営の後継者に仕立て上げ、さらに罪深いのは水谷吉男［小吉］本人に無断で幹事長と書いていることである。これは組織上、最終責任者がどうしても必要なので先生が一番悩んだところであろうと末生は思っている。

そして、自然塾を閉鎖する一つの理由として七十歳の年齢をあげているが、先生の七十歳に対して末生は七十八、小吉は七十七歳と二人とも年上の生徒なのである。先日の会合の席でも二人は「もう歳だから無理だ……」と役員人選のような役割をも断っていたのにもかかわらず、運営を引き継ぐ後継者に仕立て上げているのは、結社本部の方々には二人の年齢のことなど知る由もないからであろう。

また、先生は「……俳句通信『潮』は笹沼福男が続けることになりました。……」と、あたかも生徒たちに依頼されたような表現をしている。

そして章節の最後に「本会への提言などありましたら、遠慮なく俳句通信『潮』担当の笹沼福男までお願い致します」と丁寧に住所、携帯電話番号、メール・アドレスまでも書いている。

本来、このような報告文書にこんな文言は蛇足なのである。しかしこの文言にこそ、先生の〝後ろめたさ〟と嘘をカムフラージュしようとする心理が隠されている。

そして先生が「遠慮なく提言してください」と書いているのは、生徒以外の結社本部「鳩」や、この「俳句通信『潮』」を届けている関係者からの問い合わせなど、万一に備えての窓口を担うためである。

その証拠には、小吉さんが送った幹事長名無断使用の抗議のメールにも、末生がその日に投函した勉強会の退会届にも、先生からは未だ何の応答もないことである。

この件に関しては後日、小吉さんから末生に電話が入った。

それは、小吉さんが先生に送った抗議メールの件で、松魚さんから、

「笹沼先生に、どうしてあのようなメールを送ったのか！」

と強い口調で文句を言い立て、早急に会いたいと言ってきたので会うことにしたが、末生も一緒に行くかという小吉さんの心遣いの報せであった。

しかし末生は、退会届も送っており、自分は誘われていないので行かない方が良いだろうと言って電話を切った。


その後、末生は笹沼福男先生［フグ］と寺沢勝男さん［松魚］が活動している俳句エリアからは離れたところで俳句を楽しむことを心に決めた。

特に、地元での活動は中止して、暫くは某放送局の全国俳句大会や、某お茶メーカー俳句大会への投稿、また投句を一般公募している俳句結社への投稿などを主にして俳句を楽しむことにした。

そしてもう一つ、「鐵叟美丸居士」という人が果たして俳諧人であったのか、どんな人だったのか、この人探しの俳諧行脚をすることにした。

春分の日に訪ねた弘誓寺に眠る人である。

春浅き墓に長眠《ながい》は何人ぞ

末生

美丸居士を追って――先人たちとの邂逅

「鐵叟美丸居士」について調べる際の手がかりは、まず彼の墓石の台座に彫られている導師・眉山和尚、施主・夜琴亭松十、北越兎山という人たちと、江戸後期の俳人・小林一茶に関する文献や記述を探すことである。

とりあえず導師・眉山和尚という人は、この寺の当時の住職と見做《みな》して間違いないと思われる。

施主・夜琴亭松十と北越兎山という二人は、俳諧人の庵号《あんごう》と俳号のようであるから、この二人の俳諧に関する記述や史料と、小林一茶が書き残した文献等を尋ねることにした。

まず施主の夜琴亭松十という人は俳諧師のような人で、鐵叟美丸という身寄りのない俳諧好きの若い使用人を庇護するような立場にあった人であろうと想像されるので、俳諧に関連する史料の中からこの人たちの名籍を見つけ出すことと、併せて当時の地誌や文化財なども参考にしながら調べることにした。

特に伊東界隈の地域誌としては、江戸時代後期に伊東和田村の濱野建雄という人が著した『伊東誌 上・下』が知られている。

最初に手がかりを得たのは、俳諧史料の中に江戸中期〜後期に活躍した甲州（山梨県）の俳諧人で五味可都里《かつり》という人が記録していた「名録帖（文通帖）」の伊豆国の項に、「松十 伊藤新居村池田氏 魚屋弥兵衛」とあり、それが施主・夜琴亭松十、その人らしいと分かった。

さらに前記の『伊東誌 上・下』には、夜琴亭松十という人に関することが幾つか記載されてあった。一つはこの人の死後に門人が著した『いさりの俤《おもかげ》』という次のような記述があり、早々に略歴を知ることができた。

『いさりの俤』（原文）

『夜琴亭松十 新井村の人。松十は俗称を弥兵衛という。相州岩村の産なり。新井村池田弥兵衛の養子たるを以弥兵衛と名乗る也。新井村東千体閣近き所に家居して漁業渡世を専とせし人なり。兼るに十月より三月迄八幡野村より伊東迄数ヵ村根付漁業を買集て江戸表へ積出し、其買徳を以て年中を賄たるものなり。明和より寛政の頃迄其家専ニ繁昌をせしとみえたり。

常にはいかいを好て行脚遊人独として是を訪らわざるはなし。妻を蘭という。ともにはいかいを善す。壮年無壁庵呑吐に付て其道を学といえり。（因日呑吐は小田原の浪士はいかい文章を善す）文化二年乙丑十月十六日寂す。行年七十三歳。戒名は釈観月。池田氏七代にあたる也。死後門人師徳を仰ぎ追慕を営て、いさりの俤を著し後世へ残す。其序は尾州名古屋士郎、跋は大礒鳴立庵葛三』

（濱野建雄著『伊東誌 下』）

この『いさりの俤』を注釈すると、

「夜琴亭松十は新井村（伊東市新井）の人で通称を弥兵衛といった。生まれは相州岩村（相模国真鶴町岩）である。新井村の叔父池田弥兵衛の養子になり、弥兵衛の名を引き継いだ。新井村の東千体閣近くに住んで漁師を専業にしていた人である。兼ねるに十月から翌三月までの冬場に八幡野から伊東までの数ヵ村の漁師から根付漁の魚介類を買い付けて江戸へ出荷するようになってからは、その収益によって一年中を賄いきれるようになった。この家が特に繁昌したのは明和から寛政年間〈西暦一七六四年～一八〇一年〉にかけての頃であった。

いつも俳諧を楽しみ、行脚の俳人や俳諧好きの暇人など多くの文人墨客が絶えることなく訪れていた。妻は蘭といい、夫婦ともに俳諧を楽しんでいた。その俳諧は壮年になってから無壁庵呑吐に付いて学んだという。（因日呑吐は小田原の元武士で俳諧など文筆一般に精通した人である）

松十は文化二年乙丑〈一八〇五年〉十月十六日歿《ぼっ》す、行年七十三歳。戒名は釈観月。池

田氏七代目に当たる。死後、門人が師徳を敬い追慕を営み、『いさりの俤』を著して後世に残す。序文は尾州（尾張）名古屋士朗（＝郎）、跋文《ばつぶん》（後書き）は大磯（＝礒）鴫立庵《しぎたつあん》葛三」

この記述によって施主の夜琴亭松十《まっとう》という人が生まれ育った所は現在の神奈川県足柄下郡真鶴町で、南東に突出する真鶴岬の付け根の辺りに位置する岩（村）であることが分かった。

さらに俳人五味可都里の「名録帖」の伊豆国の項に「松十 伊藤新居村池田氏 魚屋弥兵衛」と書かれていた通り、この人は現在の伊東市新井（伊藤新居村）に住んでいた池田弥兵衛という人であることも分かった。

そして伊東港で漁師をしていた叔父・池田弥兵衛の許に養子に入った人であり、その後に漁師の仕事に加えて、新しく十月から翌三月までの間、近隣の漁村から磯物の魚介類を買い付けて江戸へ出荷する商売（卸、網元）を起こし、大いに繁昌していたことなども分かった。

特に俳諧を好んだ人で、俳諧人等の文人墨客を歓待していたことや、蘭という妻も同じく俳諧を趣味としていたことも書かれている。その俳諧は仕事や生活に余裕が出来た壮年になってから、元武士で俳諧に詳しい因日呑吐という人に学んだと書かれているのも真実味があって面白い。と同時に末生にとっては、夜琴亭松十という人の名字が自分と同姓の池田氏であることにも親近感を覚えた。

また、この序文と跋文を書いている二人の俳諧人も錚々《そうそう》たる人物のようであるから、これらの情報を基に調べていくこの先々が楽しみになってきた。

そして、この『いさりの俤』を著した門人こそが、美丸墓の台座に刻まれていたもう一人の北越兎山《とざん》という人であることも分かった。

この人は『伊東誌』（原文）に次のように書かれている。

『有壁庵兎山 兎山は俗称佐々木重蔵（実名は章）越後長岡の浪士 本性は山本氏、佐々木は養家の性なり。壮年 浪人してここに来り、新井村に庵室をしつらい凡五十年の星霜をおくる。後年に至り竹村茂雄翁につきて和歌に志す。存世中詠歌二三をのこす。又はいかいも松十乙因等に競て専ら好む。天保五年十二月十四日死す。存世中碑を建、其正面に記す事あり。則左に記す。

惟肖

花をたつね 月にうかれて

をしへつゝ 雪と

消にし我そ　はかなき
独住を常として
わすれしな　みねの
まつ風　波の音
　　　　　　有壁庵

此碑磯辺山門前にあり。法名寒月院了海兎山居士といえり。』

（前掲書）

少し注釈を入れると、

「有壁庵兎山は通称佐々木重蔵（実名は章）、本姓（注、原文の「性」は誤り）は山本氏であり、佐々木は養家の姓である。元は越後（新潟県）長岡藩の武士であったが、壮年になってから新井村に来て草庵を結び、凡《およ》そ五十年をこの地で過ごした人である。後年になって竹村茂雄翁（先生）に付いて和歌を学び、在世中に詠歌の二三を碑に残し、また俳諧も夜琴亭松十や枯野坊乙因らと競い合ってはいつも楽しんでいた。天保五年〈一八三五年〉十二月十四日に死去。在世中に石碑を建て、その正面に刻んだ詠歌を左記する。

前記、詠歌の碑文（省略）

この碑は磯辺山宝専寺の門前にあり、法名は寒月院了海兎山居士という」

これによって北越兎山という人の略歴も知ることができた。この人は天保五年〈一八三五年〉に亡くなっているので、夜琴亭松十の死後三十年後のことになり、松十との歳の差は大きかったと思われる。

そして、枯野坊乙因という人は『伊東誌』によると松原村の人で、若くして視力に障害を来たし琴を嗜《たしな》み、枯野坊（因日枯野は琴の異名）を名乗ったという。その後、壮年になって夜琴亭松十の門弟になったとある。

この北越兎山という人は、夜琴亭松十が師と仰いだ無壁庵呑吐《のんど》とは同じ浪士の身であることが分かった。二人には心に通うものがあったのであろうか、呑吐の無壁庵に対して有壁庵兎山と号している。

また、会津出身の末生には、この北越兎山という人が長岡藩の浪士であったことを知って、江戸時代は隣り合わせの藩なので懐かしさを覚えた。

この伊東市新井の浄土真宗磯辺山宝専寺には、夜琴亭松十・蘭夫妻の墓もあり、松十の墓石の左右には辞世の歌と句が刻まれている。

暮るるまで死る覚悟はなかりしに
ふいに一吹こがらしの来て
寒き夜の夜着かふるにも念佛哉　　松十

松十の師、無壁庵呑吐という人はもともと信州の武士であったが、その後に小田原藩主に仕え、浪人の果てに熱海に居を移して近隣の多くの門弟を育てた人であり、東海呑吐とも称し、熱海俳壇の祖と謳《うた》われている。
熱海市網代の曹洞宗寺院長谷寺《ちょうこくじ》には無壁庵呑吐の供養碑が建っている。碑には「天明元 辛丑《かのとうし》〈一七八一年〉中秋」と刻まれている。

散る時は果しれなくて秋の月　　　　　　呑吐

そして『いさりの俤』の序文を書いた尾州名古屋士郎というのは井上士朗のことであった。この人は名古屋三俳人の一人といわれている人で「尾張名古屋は士朗（城）で持つ」と謳われるほど全国に名を馳《は》せた俳諧人であった。それゆえに北越兎山はこの人に是非とも序文を依頼すべく労を執ったようである。
井上士朗は序文を書くに至った経緯をその中で包み隠さず書いている。

『いさりの俤の序』（原文）
『伊豆の松十は西道法師の徒にてやあらん漁の中に月鳥（雪?）のこころを悟りて身

を花鳥のけしきによせたりいとかしこ（賢）しいとあは（哀）れなりけり妻をらん（蘭）といふ藻思を同してともにむかしがたりの人となれり門人兎山可徳（敬？）十等師徳をあふぎ追慕の集作出して予に序をともとむ予其人をしらずといへども半島はるばるに来り其状をくは（詳）しくいひぬよつてわれそのあらましをかきつゞりぬ

戊辰の秋　　　　　　　　　　　　　　　士郎』

『いさりの俤の序』を注釈すると、

「伊豆の松十はまるで西行法師（注、西道法師は誤り）の門弟のような人である。漁を生業としながらも花鳥風月の心を悟りその景色に身を寄せていたとは何と身にしむ風情であろうか。蘭という妻も詠句詠歌の才（藻思）を同じくしていたが、今では二人とも故人となってしまった。門人兎山は多大な師徳を仰ぎ追慕の編纂《へんさん》を成して私にその序文を頼みに来た。けれど私は松十という人をよく知らないので断りを入れたのだが、伊豆半島から遥々《はるばる》訪ね来て事の次第を詳しく話してくれたので私はそのあらましをただただ書き綴《つづ》る。

戊辰〈文化五年＝一八〇八年〉の秋　　　　士朗（＝郎）」

また、跋文（後書き）の「大礒鳴立庵葛三」とは倉田葛三《かっさん》のことであり、次のように書いている。

『同後書』（原文）

『おのれにしかざるを直にしおのれにまされるをしたふこれ夜琴亭松十八十にちかきまで夫婦おしならび堅固につとめ遂たるはいかい（俳諧）のいさおしなるべしもとより伊東の裏の豪富にしてさすがに心ざしいやしからず妻といひおふと（夫）といひうらやむべきの涯ならずやいさり（漁）のおもかげ（俤）につけては鎌倉近き大礒の名もなつかしとて此しう（集）のしりへ（尻）にはやとは（雇）れける

鳴たつ庵葛三為』

『同後書』（『いさりの俤』の後書き）を注釈すると、

「自分の知らないことは直ちにその道の識者に教えを受けて夜琴亭松十が八十歳近くまで夫婦共にやり遂げたことは俳諧にとって名誉なことである。もとより伊東港（注、原文の「裏」は「浦」の誤り）の裕福な人であったが、なおかつ心根の優しい人でもあった。妻にしても夫にしても羨ましい限りの生涯である。『いさりの俤』という題名からしても鳴立庵が鎌倉の近くにあって大磯（＝礒）という名も懐かしいものだから、この集の尻（巻末）に相応しいと庵主の私が（跋文を）頼まれたのであろう。

鳴たつ庵葛三為す」

ちなみに名古屋三俳人とは横井也有《やゆう》、加藤暁台《きょうたい》、井上士朗のことである。簡単に紹介すると、横井也有という人は尾張藩の重臣であったが五十三歳で致仕し、その後の三十年は俳諧人として活躍した人で俳文集『鶉衣《うずらごろも》』（遺稿＝大田南畝《なんぽ》、他が刊行）がある。加藤暁台という人は尾張藩士であったが二十八歳で致仕した俳人で、特に与謝蕪村《よさぶそん》との親交が深かった人である。この人は武藤巴雀《はじゃく》、白尼《はくに》父子の門弟であった。

そしてこの『いさりの俤』の序文を頼まれて書いている井上士朗という人は産科の医師（医号は専庵）であり、俳諧は加藤暁台に学び、国学を本居宣長《もとおりのりなが》に学んだといわれている。

名古屋市の久屋《ひさや》大通公園には「名古屋三俳人句碑」が建立されている。参考のため、その句を書き記す。

　くさめして見失うたる雲雀《ひばり》哉　也有
　椎の実の板屋根を走る夜寒かな　暁台
　たうたうと滝の落ちこむ茂りかな　士朗

ついでに、三人の句を二句ずつ書き記す。

化物の正体見たり枯尾花　也有
蝿が来て蝶にはさせぬ昼寝かな　暁台
人の親のやけ野の雉子うちにける
秋の山ところどころに烟《けむり》たつ
ささ竹にさやさやと降るしぐれかな　士朗
足軽のかたまりて行く寒さかな

この井上士朗は夏目成美《せいび》、鈴木道彦と共に寛政の三大家とも称された俳諧人である。

この夏目成美という人は江戸浅草蔵前の裕福な札差《ふださし》で、六代目井筒屋八郎右衛門という御用商人であった。江戸の俳諧では江戸中期～後期にかけての中心的存在であり、特に小林一茶を経済面で庇護した人として知られている。

鈴木道彦という人は仙台藩の医師であったが、俳諧を学び加舎白雄《かやしらお》の門弟になり江戸に出て活躍した人である。

また、この『いさりの俤』の跋文を頼まれて書いている倉田葛三という人は、相州（神奈川県）大磯の鴫立庵主八代目に当たる人で、五代目庵主の加舎白雄の門弟であった。前に記述した夜琴亭松十や北越兎山に俳諧や詩歌を教えた因日呑吐も加舎白雄の門人である。

この加舎白雄（信州上田の人）という人は江戸中期～後期の俳諧人で与謝蕪村と並び称される人で、大島蓼太《りょうた》、高桑闌更、加藤暁台と共に文学史上では「天明中興の五傑」と謳われている中の一人である。

後年、明治初期に活躍した渋沢財閥の幹部社員であり古俳書収集家として知られる俳人の伊藤松宇は、『中興俳諧五傑集』を編纂し、その中で、

『人各々好む所あり。蕪村の雄放、暁台の剛健、闌更の艶治、白雄の老蒼、蓼太の冨麗等、いづれも五家の本領たり、特色たり、取て模範とすべく、以て作家の詩料に資すべし。是れ中興五傑の編ある所以なり。』（原文）と書いている。


末生は井上士朗の序文と倉田葛三の跋文を読んで、さすがに当代屈指の俳諧人であり文筆家であると感心した。

序文の井上士朗は生前の夜琴亭松十とは直接に付き合いがなかったにもかかわらず、その追悼の書に挨拶文を書いてほしいと遠く伊豆半島から訪ね来て依頼する兎山に戸惑いを見せながらも、兎山の熱心な頼みに押し切られて引き受けた様子がよく読み取れて面白い、正直な文章である。

さらに感心したのは、著者の濱野建雄という人が『伊東誌』にこの文書を記録していたことである。

この二人の挨拶文の中には、詩歌や紫式部の『源氏物語』など平安時代から伝わる日本古来の文芸に脈打つ「もののあはれ」の精神を宿しているのである。

まず、序文で井上士朗が、

『伊豆の松十は西道法師の徒にてやあらん漁の中に月鳥のこころを悟りて身を花鳥のけしきによせたりいとかしこしいとあはれなりけり……』

と書いている。これは「もののあはれ」の「いとあはれなりけり」である。

「西道法師」とあるのは西行法師のことであり、平安時代後期から鎌倉時代初期にかけての歌人である。もともとは武士の家系に生まれ、鳥羽上皇に仕えた北面の武士であったが、二十三歳の時に無常を感じて出家したという人である。出家して暫くは都の周辺に庵居して後、高野山に入り、そこを拠点に伊勢、熊野、吉野へ旅した。また、平安中期の歌人能因の跡を辿《たど》りその歌枕を巡って奥州へ下向し、行脚と詠歌のうちに四十年余を過ごし、その後は伊勢を本拠にし、文治二年〈一一八六年〉再び奥州平泉行きをしてのち四国に旅し、河内国の弘川寺《ひろかわでら》で入寂した人である。もともと述懐の歌に優れた歌人であるが、西行にはよく知られた歌がある。

願はくは花のしたにて春死なむ
そのきさらぎの望月のころ
西行

注釈を加えると、
「叶《かな》うなら春、桜の花が咲いているときに死にたいものだ、それは如月の満月のころに……」

「きさらぎ（如月）の望月」とは旧暦二月十五日（望月＝満月）のことであり、この日は釈迦牟尼世尊《しゃかむにせそん》の命日と伝えられている。

この歌は辞世の歌のようでもあるが、西行の家集『山家集』に収められている歌であることから晩年に詠んだものではなく、六十歳以前に詠んだものと推考されている。五十代のいつの頃か、釈迦入滅の光景を思いつつ、僧侶である自分の死に対する漠然とした想いを詠んだに過ぎないのではないだろうか、そんな気がする。

しかし想いは叶うものである。西行は文治六年二月十六日に入寂している。西暦では一一九〇年三月三十日であり、享年七十三歳であった。

西行は保延六年〈一一四〇年〉に出家してから、その後五十年を生きているがその間、仏の修行と詩歌の修業を追い求めた人である。

出家してからの所在は手短に前記したが、それに並行して和歌もたくさん詠んでいる。後鳥羽上皇勅撰の『新古今和歌集』には九十四首が選ばれており、家集『山家集』には一五七〇首ほど収められている。勅撰集には『詞花和歌集』以下二六六首が入集され、他に家集は『聞書集』『聞書残集』『西行上人集』『山家心中集』がある。

また西行は平安時代後期から鎌倉幕府成立までの公家社会から武家政権に移行する時代に生きた人であり、余人の盛衰はいざ知らず、当時の歴史上の人物たちとは近くて遠き僧侶として『平家物語』の時代をそっくり生き抜いている。出家するまでは北面の武士（俗名・佐藤義清）の官にあり、日本で最初に武家政権を樹立した『平家物語』の中心人物である若き日の平清盛とは同年の同職でもあった。

さらに、この人には次のような歌がある。

心なき身にもあはれは知られけり
　鴫立つ沢の秋の夕暮れ　　西行

注釈を加えると、

「雅俗を捨てた出家の身であっても、鴫《しぎ》が飛び立つ沢の秋の夕暮れは心にしみじみ感じ入る……」

この歌は『新古今和歌集』（一二〇五年に成立）に収められている西行の九十四首の中の一首である。詠まれている「鴫立つ沢」というのは、神奈川県中郡大磯町の西部にある渓流（小川）のどこかである。

前記のように井上士朗は『いさりの俤』の序文で西行法師のことに触れていたが、この人が国学を学んだといわれる本居宣長は、当時「もののあはれ」に関する持論を展開していたことでよく知られている。宣長が『源氏物語』を通じて提示しているのは平安時代の文芸ならびにそれを育んできた貴族社会の中心を成す美的理念のことであり、簡単に言えば外界の物事にふれた時に生じるしみじみとした主観的な情趣や哀感のことである。

もともと、本居宣長は医者であり、多才な人であったから多忙を極めた人でもあった。井上士朗も医者なので多少の関わりはあったと思われるが、末生が目を通した史料の限りでは、特に師弟関係にあったようなものは見当たらなかった。しかし当時、賑《にぎ》やかに提唱していた宣長の「もののあはれ」の理念には感銘を受けていたようである。

跋文を書いている倉田葛三もまた、西行のこの歌とは大いに関わりのある人だった。それは葛三が庵主を務めた「鴫立庵」の由来を調べてみればよく分かる。

江戸初期の寛文四年〈一六六四年〉、小田原の外郎《ういろう》（＝丸薬）で知られる外郎家の子孫と伝えられる崇雪《そうせつ》という人が、西行のこの歌が詠まれたであろうと思われる大磯辺りの沢（小川）の所に「鴫立沢」の標石を建て、石仏の五智如来像を造り、この地に草庵を結んだのが始まりである。

ただ、この崇雪という人には詩歌や俳諧など、それらしい記録が見当たらないので、西行に憧れる裕福な一人の風流人であったと思われる。

この標石に刻まれている碑文は風化しているが、正面には『鴫立沢』とあり、裏面に『崇雪 著盡湘南清絶地』［崇雪　あきらかにしょうなんはせいぜつをつくすのち」と刻まれており、何とか判読される。しかし年号は風化が激しく確認できないようであるが、その後に俳諧師が庵を再興してからは鴫立庵主代々が現在まで引き継いで来ているので、寛文年間〈一六六一～一六七三年〉の頃に建てられたのは確かなことであろう。

この碑文の存在が大磯を「湘南」発祥の地とする所以《ゆえん》であり、これによって湘南という地名は江戸前期にはすでに使用されていたと言われている。

しかし末生には「湘南」が地名として江戸前期から使われていたことには違和感を覚える。むしろ、ずっと後の明治になってから一般的に知れ渡り、使われはじめたのではないかと思うのである。それはこの「鴫立沢」の標石が「鴫立庵」の代々の庵主に守り続けられてきたことによる一つの隔世現象であったように思われるからである。

この崇雪という人から三十年ほど後になるが、伊勢の人で松島（宮城県仙台）を振り出しに全国を遊歴し行脚俳諧師として知られる大淀三千風《みちかぜ》という人がこの草庵を再興し、元禄八年〈一六九五年〉に庵主としてこの地に住み着いた。それから第二十三代目に当たる本井英現《もといえいい》庵主まで、三百数十年の歳月を、代々の庵主が守り続けている草庵なのである。

葛三はその中の一人として第八代庵主を寛政六年〈一七九四年〉から文政元年〈一八一八年〉に死去するまでの二十四年間、担った人であり、『いさりの俤』の跋文の署名にも「鴫たつ庵葛三為」と明記している。

この「鴫立庵」は俳諧道場庵として京都の「落柿舎」、滋賀県大津市の「無名庵」（朝日山義仲寺《ぎちゅうじ》内）と並び日本三大俳諧道場の一つに数えられている。

当時はこのように商人や郷士、藩士などの風雅を趣味とする人々、そして生業とする人たちが各地に点在しており、身分はそれぞれであるが行脚を続けながら俳諧を生業とする人たちも現れて、互いに交流しながら俳諧を楽しみ、こうした交流がこの世を生き抜く一つの拠《よ》り所でもあったように思われる。

こうして鐵叟美丸居士の墓石に刻まれた俳号から関連する史料を調べていくと、親疎の程は別にして伊豆から相州（相模の国）、信州（信濃の国）、尾州（尾張の国）へと俳諧人の繋がりが浮かび上がってきた。

特に美丸居士が逗留《とうりゅう》していたと思われる伊豆伊東の夜琴亭松十という人の富裕さとその

人となりが、次第に見えてきた。

葛三は跋文の中で夜琴亭松十（池田弥兵衛）を、

「……伊東の浦の豪富にしてさすがに心ざしいやしからず妻といひおふと（夫）といひうらやむべきの涯ならずや……」と書いている。

この「心ざしいやしからず」の文言に出会った時、末生は「心根の優しい人」と解釈したが、その時なぜか笹沼先生のことが脳裏を過《よぎ》った。

＊

近代になってからのことであるが、前記した伊東市新井の磯辺山宝専寺には与謝野寛《ひろし》（鉄幹）、晶子《あきこ》夫妻が幾度か訪れている。

昭和五年〈一九三〇年〉二月には歌会が催されており、その時の二人の自筆の短冊が寺に所蔵されている。墓地には二人のその歌碑がある。

磯寺の竹の林を通す雨
　半嶋の春梅椿咲く　　　寛
伊東氏占めて三浦に対したる

しづかに聞けばまじる浪音　　晶子

二年後の昭和七年七月にも二人はこの寺を訪れて、次のように詠んでいる。

磯辺山僧坊の主にまみゆれば
ならいも雨にあらたまりゆく　　晶子

五位鷺のしどけ鳴きぬる夏の夜の
話しもします山坊の人　　寛

この与謝野寛、晶子夫妻は訪ね歩いた全国の景勝地でたくさんの歌を詠んでいる。それが後年歌碑となって、多くの旅人にご当地の魅力を今に伝えている。

ついでに伊豆半島の各地で詠んだ二人の歌碑と、真鶴岬にある晶子の歌碑を書き記す。

まず伊東市の「一碧湖《いっぺきこ》」にある二人の歌碑。

初夏の天城おろしに雲ふかれ
みだれて影す伊豆の湖　　鉄幹

うぐひすがよきしののめの空に鳴き

吉田の池の碧水まさる　晶子

熱海市の「多賀湾」にある二人の歌碑。

ここに見る多賀の海原ひろければ
こころ直ちに大空に入る　寛

棚造り臙脂《えんじ》のいろの網をかく
多賀の磯より中野濱まで　晶子

熱海市の「下多賀園地」にある晶子の歌碑。

風涼しひがしの伊豆の多賀に見る
水平線のめでたき日かな　晶子

下田市の「白浜海岸」にある二人の歌碑。

てん草の臙脂の色を沙《すな》に干し

前にひろがるしら浜の浪　寛

白浜の沙に上がりて五百重波《いおえなみ》
　しばし遊ぶを逐《お》ふことなかれ　晶子

伊豆市の「浄蓮の滝」にある晶子の歌碑。

かたはらに刀身ほどの細き瀧
　白帆の幅の浄蓮の瀧　晶子

西伊豆町の「堂ヶ島温泉」にある二人の歌碑。

島の洞御堂に似たり舟にして
　友の法師よ参れ心経　鉄幹

堂ヶ島天窓洞の天窓を
　ひかりてくだる春の雨かな　晶子

神奈川県足柄下郡の「真鶴岬」にある晶子の歌碑。

わが立てる真鶴崎が二つにす
　相模の海と伊豆のしら波　　晶子

＊

さらに夜琴亭松十周辺の資料を調べていくと、相州愛甲郡依知《えち》村猿ヶ島（現在の神奈川県厚木市）に妙法山本立寺《ほんりゅうじ》という日蓮宗の寺がある。その寺の入り口に芭蕉晩年の元禄六年元旦〈一六九三年〉に詠んだ句碑がある。

年々や猿にきせたるさるの面ン　　芭蕉

この句碑は郷土の俳人五柏園丈水という人が天明八年戊申《さるどし》の年〈一七八八年〉に地名の猿ヶ島と申年に因み、芭蕉顕彰と自身の古希を記念して建てたものである。

この人は本名を大塚六佐衛門武嘉といい、先祖は甲州武田氏の家臣であったが、猿ヶ島に土着して名主《みょうしゅ》を代々担ってきた大塚家八代目に当たる人である。この人は自在庵祇徳《ぎとく》の門人であった。

その建立を記念して句集『猿墳集《さるつか》』をその年の冬に著しており、その「追加」の項目の中に熱海の因日呑吐、伊豆伊東の松十、蘭、兎山の俳句が見つかった。併せて、連歌やその他の俳人（一部）の句も書き記す。

故翁の句を頭にかふむりておそれミおそれミ脇を吐く
年々や猿にきせたるさるの面　芭蕉翁
はつ文台の薫誦再拝　丈水［脇］

愚老七旬に傾けれは社中の人々とりとりのおもひ続を袖にして給はりけれハ五七五を吐て戯れ侍るを薄帋にかい付其の一遍を爰に記す
笑へ笑へ七十年の猿の舞　丈水
豊に響く松囃子かな　半素［脇］

涼しさや夫婦莚織片家陰　仙鳥（鎌倉女）
杜宇《ほととぎす》待夜の友や膝かしら　二柳（大坂）

遠国の部。

陰日向なしにはたらく柳かな　麦浪（伊勢山田）
去年見し鵜匠ハ今年見へぬ哉　蕪村
鴈啼や物着て舟をおして行　蝶夢（京 浄土宗の僧）
庭鳥の臼に眠るや春の雨　柳几（鴻巣）
いふ事の聞てや高く花ほたろ　暁臺（尾 名古ヤ）
散ル後は空の花也郭公《ほととぎす》　呑吐（豆 熱海）
花守ハまた埋火やおぼろ月　見風（賀 津幡）
こよひなれや月にむかふも月の上　闌更（半化坊）
影坊の日陰に廻る清水哉　涼宇（青梅）
名月や常ハまたるゝ渡舟　支兀（僧）

追加。

名月の空に吼ゆるや山の犬　成美（東都）
葉桜や鐘楼を洩る日の薄き　玉斧（下総）
日ハ花の中より暮る木槿《むくげ》かな　五明（出羽）

雲われて山尖りけり冬の月　一草（南部）
寒き夜の夜着かふるにも念佛哉　松十（伊豆）
朝霧や何気隠れにむらふたつ　蘭（伊豆伊東）
人の気の人に成る日や御祓川　兎山（〃）
稲妻の姿に啼やほとゝきす　祇徳（竹陰者）
梅咲や雪の下行水の音　村水（麦穂庵）

丈水は寛政九年〈一七九七年〉三月、自身の八十歳を記念して江ノ島の稚児ヶ淵にも芭蕉の句碑を建てている。

疑ふ那潮の花も浦乃春　はせを（芭蕉）

その翌年、丈水は八十歳賀集『千代みくさ』を著している。その中の幾つかを書き記す。

養老の臺《うてな》をやとのこたつかな　支兀（瀑丘）
いわへいわへ八十の賀も此雑煮　丈水
雪やあられよ蓬萊の春　半素［脇］

喰つミや鹿にくわせる物はかり　呉雪（ミウラ）
八十島を越行舟やつゝし狩　陶々（蟹殿洞々）
里人のこゝに年寄る鵜川かな　可都里（甲）
初からす熊野ゝ氏子世の広き　南謨（無量光寺住職）
春の野や角なき鹿の睦しき　闌更（京）
いろいろの草の秀て土筆《つくし》哉　祇徳
目も耳も手足も旅の木の実かな　丈水（相猿洲）
（五柏園丈水著『猿墳集』）

この人は享保三年〈一七一八年〉生まれで文化五年〈一八〇八年〉四月に亡くなっている。享年九十一歳の長命であった。辞世の句がある。

ほとゝきす浮世中をやとり哉　丈水

さらに、『伊東誌』の中で見つけることができた夜琴亭松十と無壁庵呑吐の俳句を書き記す。

下か上か石橋山のほととぎす　松十
猪喰ふ里も又よし山さくら
鎧きた人にもあはずさくら狩
道までハ貰ふて来たりけしの花　呑吐

また、松十の妻、蘭について次のような記述があるので原文を書き記す。

『蘭女 松十が妻也。江戸小田原町大和屋重兵衛の女也。寛政六年甲寅二月十三日寂す。はいかいを好て叶ありて打着されし時一句をのべて、夫の心を和たるという句あり。

青梅や花ならかふはたたかれじ又うたれまじ

辞世とて

とくとくの水や今ゆく道の花

上夫婦の墓は新井村磯辺山にあり。』

（濱野建雄著『伊東誌 下』）

末生が注目したのは、「江戸小田原町大和屋重兵衛の女（＝娘）也。寛政六年甲寅《きのえとら》〈一七九四年〉二月十三日没（寂？）す」と、『伊東誌』の著者が伊東漁港の富裕な魚卸商とは言え、松十の妻、蘭について書いていることである。

それは江戸幕府が開かれて間もなくの頃から日本橋の魚河岸に参入し、のちに魚問屋の供給体制を確立したといわれている大和屋助五郎由来の家筋に当たる人の娘と考えられるからである。

江戸小田原町というのは江戸日本橋の小田原町のことであり、江戸開闢《かいびゃく》に由来する町である。現在の日本橋室町界隈を占める位置にあって、その後の首都東京に至る庶民の大江戸一丁目一番地と言える町名なのである。

慶長八年〈一六〇三年〉、徳川家康が征夷大将軍の宣下を受けて江戸幕府を開き、翌慶長九年から「天下普請《てんかぶしん》」の大号令で行われた江戸城の増改築に由来している。

＊

元来、この地域は武蔵国豊嶋郡江戸村と呼ばれた江戸湾に面した僅か十戸ばかりの漁師の住む寒村で、辺り一面は葦《あし》繁る湿地の荒野であった。

地形も現在の東京とは大きく異なっており、日比谷の周辺は大きな入江になっていて

「日比谷入江」と呼ばれた江戸湾の一部であった。東京駅周辺は「江戸前島」と呼ばれており、岬のような地形をなして日比谷入江に突き出して、三方が海と河口に囲まれていた。新橋周辺は完全に江戸湾の海上に位置する所であった。

最初にこの地域が城下として開けるきっかけは、遡って長禄元年〈一四五七年〉に室町後期の関東管領 扇谷《おうぎがやつ》上杉方の武将太田道灌が、古河公方の足利成氏に対抗する拠点としてこの地に築城したことに始まる。江戸城である。

これにより江戸城下には市が立ち、江戸湾には廻船も入って来るようになったのだが、太平洋沿岸のこの辺りはそれからの百数十年は一〇〇戸程度の集落規模で推移していた。当時は何と言っても関西地方が政治経済の中心であり、海上運行の主たる航路は日本海沿岸での廻船であった。

間もなく室町幕府が衰退し、大きな領地を所有し多くの家子《いえのこ》郎党を従えた各地の豪族や大名が群雄割拠する、戦国時代と呼ばれる歳月を経ることになる。

まさに江戸城は戦国時代の大永四年〈一五二四年〉、扇谷上杉朝興《ともおき》のときに小田原の北条氏綱に攻められて開城し、それ以降は北条氏の支城となっていた。

時が過ぎて、この関八州を治める小田原城の北条氏に対し、天正十三年〈一五八五年〉には関白となっていた豊臣秀吉が「上洛して臣従の礼を取るよう」幾度となく働きかけていたのだが、北条氏は拒み続け、むしろ各支城の防備を固め、対決姿勢を崩さぬままに歳月が過ぎていた。

折しも上州（群馬県）の名胡桃城《なぐるみじょう》の帰属をめぐって真田昌幸と対立していた北条氏直《うじなお》が出兵したことを機に、秀吉は天正十七年〈一五八九年〉の末、勅命による小田原征伐を全国の諸大名に発令し、西国の大名や水軍を相模湾に動員し、軍船を並べて海上からの万全な攻撃態勢をも整えた。

陸戦の先鋒には徳川家康を充てて東海道、東山道から進攻させて山中城、足柄城、韮山《にらやま》城、岩槻《いわつき》城、鉢形城、八王子城、舘林《たてばやし》城、忍《おし》城など北条方の支城に対して砲撃と攻撃を繰り返し、その大方を落城させた。

翌天正十八年〈一五九〇年〉三月、秀吉は自身が参戦するために小田原城を見下ろす早川対岸の石垣山に本陣（後世、一夜城ともいわれる）を築き、籠城策をとる北条方を海上と陸からの大軍をもって包囲し、攻撃を繰り返して北条勢の戦意喪失を図り、秀吉参戦から約一〇〇日後の七月に氏政以下が降伏し、開城した。

ここにおいて北条早雲以来、氏綱、氏康、氏政、氏直と五代一〇〇年に亘り名実ともに関東の戦国大名として名を馳せた小田原北条氏は滅亡したのである。

この陣中の秀吉に奥州仙台の伊達政宗が遅参し、白装束姿で恭順の意を表して許された話は有名である。この結果、奥州諸国の諸大名も続いて畏服し、豊臣秀吉の全国統一が果たされたのである。

この石垣山の本陣（一夜城）での逸話がもう一つある。

豊臣軍の包囲戦も終盤にさしかかった頃、秀吉と家康が石垣山の頂で小田原城下を見下ろしながら会見した時のことである。秀吉が尿意を催して、見下ろしていた方角にひょいと歩き出した。そして、

「貴殿も付き合わぬか」と家康に言った。

家康は軽く返事をして、秀吉と同じ仕種をしながら歩み寄り、やや横に並んで、小田原城の遥か前方に広がる関東平野に向けて放尿した。

その時、秀吉が言った。

「この度は、徳川殿にはいろいろ難儀をかけたのう。この戦も直《じき》に終わるだろうが、その暁には北条奴めの領地をすべて、おぬしに進ぜようぞ」

「有難き幸せに存じまする」と、半ばの家康が言葉少なに謝意を述べた。

この時、家康の関東転封は取り決められたのである。これが世に聞こえる「関東の連れしょん」であり、天下国家に関する会議の中で最も少ない人数で、最も速い決議の一つであった。

一方、この戦において籠城策を採った北条側のなかなか決まらない会議を「小田原評定」というが、戦場という同じ土俵の上で両陣営は真逆なことをやっていたのである。

戦後の論功行賞において、関白秀吉はこの小田原征伐で最も功績があったとして徳川家康に北条氏が支配していた領地のすべてを与え、関東への転封（国替え）を命じた。

それと同時に家康の古くからの領地であった三河、遠江《とおとうみ》、駿河、甲斐、信濃（一部）の五か国を当時清洲《きよす》城主であった織田信雄《のぶかつ》（＝信長の次男）に与えて、その父信長ゆかりの領地である尾張、伊勢二か国からの転封を命じたのである。

しかし信雄がこの命令を拒んだため、秀吉は即座に信雄を改易し、下野《しもつけ》（栃木県）の烏《からす》山《やま》城に蟄居《ちっきょ》させてしまった。

この改易によって家康と信雄の両領地は豊臣家が没収することになり、この一事によって、たとえ主君織田信長の子息（この時点で後嗣）であろうと、関白豊臣秀吉の命に従わない者は容赦しないことを天下に知らしめた。

このような時代にあって、関東に転封された家康は北条氏の小田原城に入城することなく、太田道灌の築いた旧江戸城に入り、この城を本拠地とすることに決めた。まず関東の新しい領国を譜代の臣下で固め、暫くは築城や城下の町造りなど派手な動きはしなかった。秀吉が存命している限り、いつまた転封を命じられるか分からないからでもあった。

その豊臣秀吉も小田原征伐から八年後の慶長三年〈一五九八年〉八月、波瀾《はらん》に満ちた六十二年の生涯を閉じた。

その二年後の慶長五年〈一六〇〇年〉九月十五日に起きた関ケ原の合戦で、石田三成が率いる西軍と徳川家康の率いる東軍との間で天下を懸けて争い、東軍が勝利して家康が天下の実権を握り取ったのである。

統治権を手中にした家康は、太田道灌の築いた中世の江戸城を近代的な城に増改築するに際し、元戦国大名北条氏の石垣御用を務めていた青木善左衛門を棟梁《とうりょう》として重用し、善左衛門が統率する石工衆をはじめ、織田信長の安土築城に抜擢《ばってき》された近江の国出身の穴太《あのう》衆《しゅう》（＝穴太石工集団）など、多くの石工たちを江戸城の近くに土地を与えて呼び寄せた。

伊豆半島の東海岸をはじめ、各地の石丁場《いしちょうば》から船で運んだ築城石の陸揚げ場として幕府から拝領した土地は、江戸城普請が本格化するにつれて城下の町割り用石材の需要なども増えて、大いに賑わいを見せることになった。

よって善左衛門はじめ配下の石工衆の家族も相模国小田原から呼び寄せて多くの人々が居住することになり、市街が形成されるに伴って故郷の「小田原」が懐かしく、日本橋小田原町と呼ぶことを願い出て許されたのである。これが日本橋小田原町の呼称の由来である。

さらに江戸城普請の石工衆の呼び寄せと同時に、家康が江戸前の漁業権と江戸湾の墨田川河口にあった干潟（現在の佃島《つくだじま》）を与えて江戸城下に呼び寄せたのが、摂津国佃村（現在の大阪市西淀川区佃）の森孫右衛門以下三十人ほどの漁師たちであった。

彼らを移住させた第一の目的は、江戸城（将軍）へ新鮮な魚介類を献上させるためである。それに加えて未開の地であった当時の江戸村界隈の漁師たちだけでは当然対処することができない供給源確保のためであり、築城後の幕藩体制を整える御家人や急増する町人、農工民に供給する大量の海産物を賄うための市場体制作りの一歩であった。

元和五年〈一六一九年〉当時までの魚河岸は森孫右衛門一族の独占状態であったが、江戸城下の発展に伴ってすべての需要が増えていく中、魚河岸もまた例外ではなかった。それまで、森一族の商売は需要の増大に追随して問屋、その他の業者を増やしていく形態であったが、供給が間に合わない事態も起こり、新たに参入する業者も現れ始めたのである。初期の江戸幕府は、ある面では自由主義経済であったことになる。

その新たに参入した多くの業者の中に、和州（大和の国＝奈良県）桜井から出て来た大和屋助五郎という人がおり、その人はその後十余年の歳月をかけて活鯛《いきだい》の流通機構を改革し、さらに増え続く魚介類の需要に適《かな》う新しい供給体制を作り上げたのである。

助五郎は豆州（伊豆）、駿《すん》州（駿河）の漁港を回って漁民または有力な網元と契約し、彼らに資金を貸し付けた上で、その浦の海中に簀《す》囲《がこ》いをした活鯛場を設置させて、江戸城や大名家への増大する御用活鯛の消費量に対応可能な供給体制を構築し、日本橋の有力な魚商になっていった。

また、地元の問屋（網元も含む）に対しても仕入れ金を与えて独占的な契約を結んだので、その浦の漁場で捕れる鯛だけでなく、他の魚介類も仕入れることができるので供給増に拍車をかけた。このように日本橋の魚問屋が漁場を支配してゆく体制を確立することで、魚河岸の確固たる供給体制が築かれたのである。

しかし、これは大きな財力を必要とする事業であり、漁獲と畜養、そしてその物流など多くのノウハウを必要とするものであったが、大和屋助五郎はこの事業をやり抜いて、その後は代を重ねて発展し巨額の富を築いている。

歴史的な見方からすると江戸の魚河岸は、家康に所望されて魚河岸の創始者という名誉に与り拝領した佃島を中心に当初から主流にあった森孫右衛門の摂津系と、魚問屋の流通システムを改革し発展させて繁栄し続けた大和屋系の人々の努力によって切り開かれた魚河岸といえるのである。

この二大勢力が「日本橋の魚河岸」を江戸時代の当初から関東大震災に遭う大正十二年〈一九二三年〉までの三百余年を、互いに本流となり、支流となりながら発展させてきたのである。

話を戻せば「江戸小田原町の大和屋重兵衛」という人は、助五郎の活躍した時代から一六〇年ほど後の人であるが、当時の大和屋の直系か傍系かは別として大和屋助五郎系列の人であるように思われる。

それは『いさりの俤』の文中にある、

『……新井村東千体閣近き所に家居して漁業渡世を専とせし人なり。兼るに十月より三月迄八幡野村より伊東迄数ヵ村根付漁業を買集て江戸表へ積出し、其買徳を以て年中を賄たるものなり。明和より寛政の頃迄其家専ニ繁昌をせしとみえたり。……』

魚問屋池田弥兵衛（松十）という人の商いの仕方が、大和屋助五郎の作り上げた流通機構によく似ていることと、松十の妻、蘭のことが『伊東誌』に記載されていることを考慮に入れての推測である。

＊

さらに安永八年〈一七七九年〉、夜琴亭松十は師の因日呑吐と地元の俳諧仲間であった新井村の稲葉泰乙《たいおつ》（＝生年は不明、文化十二年〈一八一五年〉乙亥《きのとい》十月五日死去）という人を伴って、生まれ故郷の真鶴岬岩村にある曹洞宗多寶山瀧門寺を訪れている。その観音堂（今はない）に奉納された松十と稲葉泰乙二人の長短二句の短連歌が残っている。

若水や古郷忘れぬ瀑布の恩　　松十［前句］
朝日戴く屠蘇のさかつき　　泰乙［付句］

短連歌は俳諧連歌の形式の一つで、和歌の上の句（前句）に別の人が下の句（付句）を付けて即興的に完成させるもので、当意即妙を特色としている。

先に出されている句を前句《まえく》、後から出される句を付句《つけく》というが、五七五の長句と七七の短句のいずれもが前句になり、また付句にもなりうる。平安時代の中頃から行われており、「付合《つけあい》文芸」と呼ぶこともある。

前句（長句）の松十は新年の句で切れ字「や」を用いて詠んでいる。これを受けて付句（短句）の泰乙は同じ新年の季語で同じ場所、同じ時刻で補完し、下七を体言（名詞・代名詞）止めで詠んでいる。どちらも式目に適っている。

このように連歌（連句）には形式と決まり事（式目＝連歌、俳諧の規定）が多くあるので、詳しいことは俳諧連歌の専門の方々にお願いするしか致し方がない。

末生は短連歌の面白さが分かることが何かないかと考えているうちに、思い出したことがある。

＊

かなり前のことになるが、地球を取り巻く大気圏を飛び出した宇宙船の中から「短歌で遊ぼう」と呼びかけた宇宙飛行士の向井千秋さんのことである。

向井千秋さんが二回目の宇宙飛行中（スペースシャトル「ディスカバリー号」〈一九九八年十月二十九日～十一月七日〉）に、当時の内閣総理大臣・小渕恵三氏並びに全国の子供たちと交信し、船内の様子がテレビ中継された時、その中で向井さんは次のような自作の五七五の前句を披露した。

宙がえり何度もできる無重力　……［前句］

そして向井さんはこの句に七七の付句を呼びかけたのである。いわゆる付句を全国の皆さんから募集したのである。

結果、応募作品数は十四万五〇〇〇句に達したという。そのうちの短連歌三作品と向井さんの短歌を紹介したい（応募された方の所在、その他は当時）。

小中学生の部・最優秀賞　　長野県・丹野真奈美さん

宙がえり何度もできる無重力　……［前句］

水のまりつきできたらいいな　……［付句］

一般の部・総理大臣賞・向井千秋賞　東京都・坂本一郎さん

宙がえり何度もできる無重力　……［前句］
湯船でくるりわが子の宇宙　……［付句］

宇宙開発事業団理事長賞　東京都・清水綾子さん

宙がえり何度もできる無重力　……［前句］
乗せてあげたい寝たまま父さん……［付句］

向井さんの前句に応募作の付句七七を合わせたのが「短連歌」の形式であり、言うまでもなく季語も式目もない〝宇宙短連歌〟ということができる。

どの付句も夢と希望と愛がいっぱい詰まっている見事な出来栄えである。

ただし無重力状態では水のまりつき（鞠突き）はできないようだが、未知の世界への好奇心がはち切れんばかりに表現されている。

また、次の向井さん一人で詠んだ、五七五の前句と七七の付句の三十一文字の形式は、従来の「和歌、短歌」である。

宙がえり何度もできる無重力　……［前句］
着地できないこのもどかしさ　……［付句］向井千秋さん（本人）

向井さんが詠みきる短歌ゆえ、船内で実感された無重力の状態がよく詠まれている、人類初の宇宙短歌である。

連歌の不思議なことは、応募された皆さんはもちろんであるが、その歌を読んでいる私たちにとっても宇宙にいる向井さんが身近に感じられることである。この面白さが短連歌の原点ではないだろうか。

（参考資料：『宇宙短歌百人一首──「宙がえり何度もできる無重力」下の句選集』
ヤマハミュージックメディア・一九九九年刊行）

このように連歌はその時代の人々の関心事の多少に左右されるものであり、この時代は旧ソビエト連邦（現・ロシア連邦）とアメリカ航空宇宙局（NASA）の宇宙開発競争が熾烈《しれつ》を極めた後の、まだ余波が残っていた頃である。

一九五七年に旧ソビエト連邦が人工衛星「スプートニク」の史上初めての打ち上げに成功して以来、二十世紀の後半は旧ソビエト連邦とアメリカ航空宇宙局（NASA・一九五八年設立〉とのロケット開発及び人工衛星の打ち上げ競争に世界中の関心が集まっていた。旧ソビエト連邦はスプートニクの成功から僅か四年後に、宇宙飛行士ガガーリンを乗せた宇宙船「ヴォストーク一号」〈一九六一年四月十二日〉が地球を一周する有人飛行に成功した。さらに「ヴォストーク」計画は女性宇宙飛行士テレシコワが搭乗した「ヴォストーク六号」〈一九六三年〉まで打ち上げられて終了した。

地球周回数もヴォストーク一号は一周、二号は十七周、三号は六十四周と多くなり、五号は八十一周し、飛行時間は一一九時間六分で当時の滞空時間の記録であった。その中で三号と四号、五号と六号はそれぞれ宇宙船を近距離で並行させて飛ばす、いわゆるグループ飛行などにも成功していた。

このような旧ソビエト連邦の数々の成功に対して、一方のアメリカ（NASA）は一人乗りのマーキュリー計画〈一九五八～六三年〉に始まり、続く二人乗りのジェミニ計画〈一九六一～六六年〉の打ち上げを成功させた。

そしてアメリカ（NASA）は一九六一年当時、「今後十年以内に人類を月面に着陸させて地球に安全に帰還させる」という目標を基に、第三十五代・ケネディ大統領が議会で演説〈一九六一年五月〉したアポロ計画〈一九六一～七二年〉が実行された。様々な試練を乗り越えて大統領の宣言通り一九六九年七月二十日、アポロ十一号によって人類史上初めて月面に着陸し、帰還させることに成功した。

それ以後、アポロ計画は十一号を含め六回打ち上げて五回の月面着陸を成し遂げ、十七号〈一九七二年十二月七日〉の打ち上げをもって終了した（十三号は機械船の酸素タンク爆発のために月面着陸を中止している）。

こうした過程を経て宇宙ステーションの建設、その間の宇宙輸送システムとしてのスペースシャトル開発、旧ソビエト連邦崩壊とその後の現ロシア連邦参加の国際宇宙ステーション建設に至る時代があり、さらに日本の技術協力や日本人宇宙飛行士の搭乗もあって、弥《いや》が上にも関心の高まりを見せていた時代である。

このような背景の下で付句七七を呼びかけた向井千秋さんは、私たちに短連歌の面白さを改めて教えてくれたのである。

*

さらに、小林一茶の撰集『たびしうゐ（旅拾遺）』の中に夜琴亭松十の句が見つかったので書き記す。この選集は寛政七年〈一七九五年〉に西国行脚途上の大坂で、一茶が最初に上梓《じょうし》した撰集である。

後は何処へ逃ん土用の朝曇　　松十

そして、一茶の「連句稿」の寛政年間の項目に、夜琴亭松十邸で巻かれたと思われる次の連句が見つかった。

浦風に旅忘レけり夕涼　一茶［発句］
筵穂御意に入りし六月　松十［脇］
石工とちからくらべる松がねに　兎山［第三］
はしこく狆のかけあるく也　蘭［第四］

この連句を見て末生は、俳諧連歌（連句）の式目に適っていて完成度が高いと思った。たったこれだけの短い言葉のやり取りの中に、暗喩と忖度《そんたく》を盛り込んだ付句になっている。

解釈を加えると、まず一茶は旅の疲れを癒やしてくれた涼しい浜風に感謝し、海を一望に収めて夕涼みしている松十邸を称えている。

由来、発句《ほっく》（＝一句目）は挨拶の句であり、この発句の中には現代の俳句と同じく季語（夕涼）や切れ字を入れて五七五の十七音で作るのが式目であり、適っている。

これを受けて亭主の松十は脇（二句目）七七の句で「いやいや、筵敷《むしろ》きの夕涼みであったにもかかわらず、お気に召していただけたのは、六月の蒸し暑い時だからでしょうね」と謙遜して応えている。これも客人の発句に対する亭主の返礼句になっている。

脇の句（二句目）は発句に密着し、同季、同場、同時刻の七七で補完し、下七を体言止めにしており、式目通りである。この句の「筵穂」は「むしろを」と読ませる。

第三（の句）の兎山は「松の木の根元では石工《いしく》職人と力競べをして遊んでいるよ」と発句と脇句の情景から目線を転じ、五七五の句で作り、下五に留字の「に」を用いて式目通りに詠んでいる。この句の「石工」は「いしきり」と読ませる。

このように第三の句は発句が夏季の句の時には、雑《ぞう》（＝無季）の句で作り、「て」「に」「にて」「らん」「もなし」の留字にするのが式目である。

三の句を受けて、第四の蘭は「すばしっこく狆《ちん》が駆け回っているよ」と七七の雑の句で軽やかにサラリと付けており、式目通りである。

このように、一茶を迎えてそれぞれが連句の式目に則り、挨拶から始まる「座の文芸」を楽しんでいる。

特に注目したいのは、この連句の何気ない情景の中に狆が詠まれており、松十邸の裕福な暮らし向きや、伊豆には多くの石工職人が暮らしていた当時の様子が詠み込まれていることである。石工は石材を野山から切り出す人や石を細工する職人のことである。

ここで石工職人のことが詠まれているので、徳川幕府の「天下普請」と伊豆半島との関わりについて、魚河岸の話と多少重複するが記したい。併せて狆（愛玩犬）についても付記する。

＊

慶長五年〈一六〇〇年〉、関ケ原の合戦を制した徳川家康は、慶長八年に江戸幕府を開いた。その翌年の慶長九年六月一日、統一政権下の征夷大将軍（天下様）として江戸城をはじめ大坂城、名古屋城、駿府《すんぷ》城、彦根城、伊賀上野城、加納城、福井城、高田城、二条城等の城郭拡張とその城下の整備工事を全国の諸大名に賦役分担し、号令した。

この「天下普請」は、主に西国の外様大名三十四家への割り振りが大きく、家康が最初に行った幕府統治権強化策の一つであった。

幕府が本拠地として改築する江戸城は関東平野の南端、江戸湾の北隅にあり、関八州のほぼ中央に位置し、陸上、水上交通の拠点にある。しかし室町時代後期に造られた小規模な一つの城塞に過ぎないため、近代的な城郭に増改築することが必須条件であった。

さらに関東一帯は、関東ローム層（火山灰層）に覆われているため、城郭拡張と城下の整備に必要な石垣用の石材調達が大きな問題であった。

そこで幕府（家康）は、元小田原北条氏の石垣御用を務めていた青木善左衛門が統率する石工衆と、安土城築城以来の穴太衆石工集団をもって、伊豆半島東海岸の表層凝灰岩の下にある安山岩を使用することとし、真鶴、熱海、宇佐美、伊東、川奈、稲取、下田などの石丁場から採石し、江戸港まで海上運搬することに決めた。

慶長十一年〈一六〇六年〉三月から岩石を切り出す場所の選定、そこから積み出す港、または最寄りの海岸へ移送する道程の難易度の調査、併せて巨石を運ぶのに適応する運搬具の製造と備え、巨石を載せる海上運搬船の建造計画等が行われた。

賦役を課せられた主な外様大名は、浅野幸長［和歌山藩三十七万六〇〇〇石＝当初の紀州浅野家のことで、元和五年広島に転封されるまでの藩主である。以降は替わって御三家の一つ紀州徳川家が成立した］、福島正則［広島藩四十九万八二〇〇石］、蜂須賀至鎮《よししげ》［徳島藩二十五万七〇〇〇石］、細川忠興［中津藩三十九万三〇〇〇石］、黒田長政［福岡藩五十二万三〇〇〇石］等であり、尼崎又次郎［堺の商人たちで運搬船一〇〇艘《そう》を献上］のように有力な商人への賦役もあった。

この石高にその他の大名を合わせると総石高は計五三〇万石にのぼり、石高十万石につき、「百人持ちの巨石」一一二〇個が課せられた。概算すると五万九三六〇個である。

この「百人持ちの巨石」とは、重量が平均十トン前後、実際に引く人数は、現代の考察では一人が引き運べる重量は四十キログラムぐらいであるから、単純計算で［10,000kg ÷40kg ＝250人］で約二五〇人となる。俗に「千引《ちびき》の岩（石）」とも呼ばれた。

賦役計算の一例として、福岡藩・黒田長政の場合は所領石高五十二万三〇〇〇石であったから、[5.23×1120個＝5,858個]で、「百人持ちの巨石」五八五八個が課せられたのである。

江戸港への運搬船は全体で三〇〇〇艘を建造し、一艘当たり「百人持ちの巨石」を二個積みとし、江戸と伊豆の海路を月に二往復することが定められた。

このように江戸幕府の本拠地とする江戸城増改築に必要な巨石採掘の石丁場が、伊豆半島東海岸の各地に数多く設けられたのである。

伊東界隈の石丁場もその中の一つであり、宇佐美には石丁場「ナコウ山」があり、他にも多くの石丁場跡がある。それぞれの石切り場から「修羅車《しゅらぐるま》」と呼ばれた橇《そり》状の運搬具に載せて、積み出し港や積み出し可能な最寄りの海岸まで運び出されたのである。

現在でも運搬道にされた山道や船積み場跡近くの海岸には、賦役大名家の刻印や矢穴が彫り込まれた巨石が置き去りにされている。

例えば伊豆東海岸の伊豆山から稲取間における採石を担った大名は十四家あり、石丁場跡は全体で五十五か所あり、所々に置き去りにされている石は刻印された石も含め、大小合わせて約九五〇個を数えている。

現在、伊東市の伊東駅から伊豆急下田間で営業する伊豆急行線の「伊豆高原駅」、駅前広場には置き去りにされた「千引の岩（石）」の実物が修羅車に載せて展示されてある。

徳川家康の号令で始められた江戸城の「天下普請」は、元和元年〈一六一五年〉の大坂夏の陣で豊臣氏が滅び、徳川氏による支配が実質的に確立した二代将軍秀忠の代に大改修工事が行われた。さらに三代将軍家光の代になって三度目の大改造が行われて、寛永十五年〈一六三八年〉の本丸改築工事の落成をもって江戸築城の「天下普請」も漸く終了した。この間、約三十年である。

特に築城の基盤をなす「百人持ちの巨石」類は工期前半に集中して採石されたが、江戸町中の運河等の石垣類はその後も伊豆半島から海上輸送されていた。江戸後期にさしかかった天明～寛政年間〈一七八一～一八〇一年〉のこの頃も、伊豆には大都市となった江戸とその周辺の生活基盤整備（インフラ）のための石材調達の場として、引き続き石工職人が暮らしていたことを物語っている。

また、狆は愛玩用の小型犬で奈良時代に中国から輸入され、その後改良が続けられて我が国の室内で飼われた最初の犬である。当時は江戸城で座敷犬、抱き犬として飼われており、上流武家や商家などの富裕層に飼われ、吉原の遊女も愛玩していたと言われる贅沢《ぜいたく》な犬であった。

体長二十五センチメートル前後、体重四～五キログラムほどで、顔が平たくしゃくれ、目は丸く大きく、鼻のつまった短吻種《たんふんしゅ》の愛嬌《あいきょう》ある犬である。狆がくしゃみをしたような顔、などという「ちん（狆）くしゃ」の語源になったともいわれる。

また狆は珍しい犬種として幕末の嘉永《かえい》六年〈一八五三年〉に来航したペリー提督によって数頭が持ち帰られた。そのうち二頭（一頭とも）は愛犬家として知られるイギリスのビクトリア女王に献上されたといわれる。

その後、日本では明治、大正、そして昭和十年代まで続いた富国強兵の国情には受け入れられず、また第二次世界大戦の敗北もあり、ほとんど見られなくなってしまった犬種である。

むしろヨーロッパ等で王侯貴族の末裔《まつえい》や富裕な一部の人に珍重されて、僅かに犬種を保持している現状である（現在、英国名称：ジャパニーズ・チンで公認登録されている）。

＊

これまで調べた資料の中には、施主・夜琴亭松十並びに松十と交流のあった伊東界隈の人たちの俳諧は幾つか見つかったが、依然として美丸居士の俳諧は見当たらなかった。

しかし文献を尋ねてゆくと、当時の俳諧人の交流は意外な成り行きを見せてきた。大磯から江戸を中心とする関八州、そして奥州へと広がりを見せて、ついには久保田藩（秋田藩）の国学者、人見蕉雨《ひとみしょうう》が随筆風に書き残した書、『黒甜瑣語《こくてんさご》』に辿り着いたのである。その「原文」を書き記す。

『天明甲辰の秋上野 今人のよぶ名也実は川尻村の内 の小夜庵五明が方へ美丸と云る行脚来たり紀州の産にて今年二十一歳なるが詩歌連俳の達人と云』

（『人見蕉雨集 第1冊〜第5冊』秋田魁新報社）

この記述を注釈すると、

「天明四年〈一七八四年〉のこの秋、上野村（と近頃の人は呼んでいるが、実は川尻村内のこと）の小夜庵五明《さよあんごめい》の所に美丸という行脚の俳諧師が来ている。生まれは紀州で今年二十一歳になるそうだが、詩歌や連句、俳諧の達人だという」

この記述の限りでは、美丸居士は紀州生まれの人でこの年二十一歳であり、この若さで漢詩や和歌、連句や俳諧の達人であると噂《うわさ》されるほどの青年であったことになる。

当時の紀州は紀伊国とも称し、現在の和歌山県全部と三重県南部の一部地域を有する徳川家の近親が封ぜられた親藩の一つであり、その中でも紀州家（五十五万五〇〇〇石）は、尾張家（六十一万九五〇〇石）、水戸家（三十五万石）と並ぶ将軍家の継嗣たり得る最高の位にある御三家の中の一つである。

江戸幕府が開かれて一一三年後の享保元年〈一七一六年〉、七代将軍徳川家継が八歳で早世し、直系の継嗣がなかったために徳川宗家の血が絶えてしまった。

当然、継嗣たり得る前記の御三家から後継者を選任することになり、紀州の藩主徳川吉宗が尾張、水戸を抑える形で八代将軍職に就任することになった。御三家からの将軍職就任は江戸幕府始まって以来、初めてのことであった。

吉宗は将軍となった享保元年から二十九年間の治世を通じて、元禄時代の前後から発生していた財政難対策を中心とする享保の改革を断行して幕府体制を補強し「中興の英主」と称された将軍であった。その頃、松尾芭蕉出生の地である隣国、伊賀国上野（三重県）は紀州藩領であった。

美丸居士が生きていた天明四年〈一七八四年〉は、吉宗が将軍職に就いた年から六十八年後であり、松尾芭蕉〈一六四四〜九四年〉が活躍した時代からは約一〇〇年後である。

このような時代背景の中で育った美丸居士は文事に秀でた人であったと思われるが、生い立ちに関する資料はこれまでのところ見当たらない。

ところが酒田（山形県）の俳人常世田《とこよだ》長翠《ちょうすい》という人の記述の中に、小夜庵五明の門弟には美丸がいたと書かれている。しかし紀州生まれと書かれていた美丸居士の師匠が羽後秋田の人であることは意外であった。

この『黒甜瑣語』の記述から、小夜庵五明を訪ねたこの時が初対面であり、美丸が門弟に迎えられた時ではないかと読み取れるが、紀州生まれの若い行脚がどうして奥羽秋田の小夜庵五明の門下になったのか、末生には不思議でならないのである。

そして、この年二十一歳になると書かれているので、伊豆で水死した寛政元年〈一七八九年〉には二十七歳だったことになる。この年から逆算すると、美丸居士は宝暦十三年〈一七六三年〉に紀州で生まれていたことになる。

ついでに書き置くが、奇《く》しくもこの宝暦十三年は小林一茶が信濃国（長野県）水内郡柏原村に生まれた年である。よって二人は同い年ということになる。

美丸が師と仰いだ小夜庵五明という人は、享保十六年〈一七三一年〉、秋田藩久保田城下茶町菊之丁（現在の秋田市大町）の豪商・那波三郎右衛門祐祥の五男として生まれている。父祐祥六十歳の時の子である。幼名は伊五郎といい、長じて庄九郎と改め、のちに宗七郎と呼ばれていた。本名は兄之《しげゆき》、さらに祐之と改めているが、三十二歳のときに五明に改名してからはそのままである。字《あざな》は了阿といった。兄弟は四人の兄と姉と妹がいた。

十七歳のときに父祐祥（享年七十八歳）を亡くし、十八歳の時に同じ町内西側北角の吉川《きっかわ》惣右衛門吉品の養子となった。吉品は吉川家五代目で藩の御用商人として銅山方、鋳銭方、御買米方を務める知行三〇〇石の大身であった。

五明は二十二歳で吉品の長女律女と結婚したが、養家の家督や家業を継ぐのではなく、茶町菊之丁東側上角屋敷に分家し、屋号「片屋」という茶紙商として独立している。

しかし二十三歳の時、養家吉川の長男勇治が十九歳で早世し、二十八歳のとき養父吉品をも失った。それからは六代目を相続した義弟吉敏を後見しつつ家業に励むことになった。

さらに三十六歳の時、本家（生家）那波二代目当主の実兄祐忠が没してからは、那波家の後見をも担うことになった。

後年、養家吉川家の後見の役目は成果をあげ、六代目の義弟吉敏は御山師として先代を遥かに凌《しの》ぐ知行七五〇石の豪商になっていた。これは後ろ盾となって補佐していた五明の商才が非凡であったことを物語っているようである。

その証しとしては五明が亡くなった時、義弟吉敏は吉川家に尽くした功績に報いるため、遺骨を吉川家の骨塔に葬ったほどであるから、人望も兼ね備えていたと思われる。


（藤原弘編『秋田俳書大系・吉川五明集　上・下』他）

ついでに書き置くが、この人は享和三年〈一八〇三年〉十月二十六日に没し、享年七十三歳。戒名は釈五明正定位、墓所は八橋の鎮守山帰命寺にある。

さらに俳諧での五明は、江戸中期の仙台藩白石の岩間乙二《おつに》、庄内藩酒田の常世田長翠、南部藩盛岡の小野素郷《そきょう》と共に「奥羽四天王」の一人として全国に知れ渡り、秋田蕉風俳諧の祖と謳われている人であった。

＊

そもそも『古今秋田英名録』によると五明の本家、那波家は播州《ばんしゅう》（播磨《はりま》）白旗城赤松氏の末裔であり、父祐祥の代まで世業は京都室町で呉服問屋を営む商人であった。

その那波家の当主が、慶長年間〈一五九六〜一六一五年〉の初めの頃、秋田藩初代藩主となる戦国大名佐竹義宣《よしのぶ》、その父義重《よししげ》の御前にて軍用を弁じて以来、長きに亘り京都室町に在って佐竹家代々の用度（必要な費用）、用品を調達する商家を務めていたのである。

一方、常州（常陸国《ひたちのくに》＝茨城県）佐竹氏は、当時の豊臣政権下における関東の一戦国大名として、領土の安堵《あんど》と近隣の伊達氏、上杉氏、小田原北条氏との勢力争いに余念がなかった。

しかし慶長三年〈一五九八年〉に豊臣秀吉が病没すると事態は一変し、世の中は天下分け目の戦いを待つばかりとなった。

慶長五年〈一六〇〇年〉の関ケ原の戦に際して佐竹氏は、徳川家康派と石田三成派の間にあって直接参戦することもなく、何方《どちら》に与する動きもしなかった。しかし実際には家康に敵対する意思のないことを表明しながら、密かに三成派やそれと結ぶ会津の上杉景勝と密約を交わしていたといわれている。これがその後の佐竹氏が常陸から出羽へ転封される要因となってしまった。

関ケ原の合戦から一年半後の慶長七年〈一六〇二年〉三月、佐竹義宣は伏見城の徳川家康に拝謁し、その後ともに大坂城の豊臣秀頼に謁見するため、常陸国水戸を出立して上洛の途に就いた。

拝謁と謁見は首尾よく思われたのであるが、その五月八日に家康から義宣に対して領国を没収し、出羽の内にて替地を与えるという転封令が伝えられたのである。

この頃は家康に味方した武将に対する論功行賞はもちろんのこと、石田三成に加担した武将への減封、転封、流罪、追放、改易、刑死など、関ケ原の戦後処理は一段落した時期でもあったので、突然の下知であった。

それから水戸城をはじめとする常陸国の接収が終了した七月二十七日、義宣は出羽国内の秋田と仙北の両所を領知すべき主旨の判物を与えられると同時に、京から直に秋田へ赴くことが許されたのである。

その二日後、義宣は秋田へ向けて出発した。供連れは近臣ら僅かに九十三騎であったという。今となっては旧領地となってしまった故郷の常州（常陸国）を通ることなく、九月の半ばには北辺の出羽国の羽後秋田に着任した。

義宣たちとは別に家臣たちは常陸から羽後秋田に下向したが、常陸に土着することを希望した者も多かった。隠居の身で常陸に居た父義重も下向した。

後日談であるが、この処遇に際して細川忠興から、

「大大名の佐竹氏には出羽一国でなければ大勢の家臣を賄いきれないので、何か変事が起きるかもしれない」と進言があったようである。

しかし家康の側近である本多正信・正純親子から、

「出羽一国を与えるのであれば、常陸と何ら変わらないから出羽国の半分がちょうどよい」と申し立てがあり、決定されたという。

しかし、家康からして見れば、徳川氏が本拠地とする江戸に近い常陸国の佐竹氏は同族の多賀谷領、岩城領、相馬領も勢力圏にあり、実質石高八十万石と目されていたのが当時の実状であり、また関ケ原の合戦では直接参加していなかったため軍団が無傷のまま現存している脅威もあったはずである。

いずれにしてもこのようなかたちで戦国大名佐竹氏は、平安時代の後期から続いた先祖伝来の領地である常陸国から立ち退くことになった。

転封を甘受した時点では明示されていなかった石高は、秋田藩二代藩主佐竹義隆の治世も後期になった寛文四年〈一六六四年〉四月二日付をもって、半減にも及ばない二十万五八〇〇石の石高（表高）が幕府から示された。

佐竹氏は外様大名秋田藩（久保田城）として厳しい江戸時代を存続させられることになった。実高（内高）は四十万石ともいわれている。

このような国内情勢の中にあって京都の那波家は、宝永四年〈一七〇七年〉十月四日に起きた東海から畿内、四国、九州地方にかけての大地震に遭遇し、それに伴う火災によって家屋敷が京の市街もろとも壊滅状態となってしまったのである。いわゆる宝永の地震である。

現在の考察では、東海沖・南海沖を震源とする南海トラフに起因する我が国では最大級（マグニチュード八・四）の地震であったと考えられており、地割れや山崩れ、さらに潰れ家は東海道、南海道、畿内、信濃、甲斐に多く、北陸、山陽、山陰、西海道の至る所で発生した。津波は房総から九州の太平洋沿岸を襲い、被害は伊豆半島西岸から紀伊半島にかけて大きく、土佐沿岸は特に大きかった。

さらに追い撃ちをかけるように、その四十九日後には富士山の側面が噴火して、降灰が十六日間も続いたのである。

この噴火は富士山の南東側山腹で起きた噴火で、周囲の田畑や野山に火山灰が降り注ぎ、大きな被害をもたらした。遠く江戸まで降灰したことはよく知られている。

富士山の中腹に「宝永山」と呼ばれる一山峰が形成されたのはこの時である。

*

このように関東の一部から東海並びに西南地域にかけて、日本国土の大半が大きな震災の混乱の中にあり、那波家は以前から用度の調達や用品を納入していた秋田藩佐竹氏を頼ったのである。

大地震から二年後の宝永六年〈一七〇九年〉、五明の父、那波三郎右衛門祐祥は秋田に移住した。この時、父祐祥は三十八歳であった。

この頃の秋田藩は財政が逼迫《ひっぱく》し、三代藩主佐竹義処《よしずみ》公が寝食を忘れて財政改革に取り組んでいたが、そのさなかの元禄十六年〈一七〇三年〉六月に逝去してしまい、継嗣三男義《よし》格《ただ》が僅か八歳で四代藩主を継承して六年が過ぎた頃であった。しかし秋田藩はこのような状況にありながらも那波家の要望に応えており、その結果には余り有るものがあったようである。

秋田に移った祐祥は、藩から外町の屋敷を貰い受け、御用商人として処遇されている。

そして祐祥は妻を迎えて次第に財を築いていった。

五明が育った頃には、久保田城下の商業の中心地である茶町菊之丁に店舗を構えて、御用商人としての地歩を固めていた。

このような事情によって移住した秋田での那波家は三郎右衛門祐祥が初代となるが、京の都から北辺の秋田に移住して来たわけだから、何かにつけて故郷京都を偲《しの》んでいたようである。藩から貰い受けた屋敷は、京都の生家があった町名そのままの「室町」と改名したほどである。

当然ながら祐祥は教養人であり俳諧に通じ、俳号を幹斎といった。五明も幼い頃からこの父親の影響で俳諧を嗜んでおり、たくさんの俳号を持っていた。年代順に挙げると、鼠河、竹々斎、二畳庵、逍遥閣、満腹亭、腐苔窓主人（三十一歳まで）。（三十二歳から）五明、披襟舎、一方庵、了閑亭、紙洞仙（四十七歳頃）。鶴頭叟、小夜庵、寄居虫（五十六歳頃）。半居士、亀硯斎、瓢繋子、樟岡、鉛斧、虫二房二世である。この中で「五明」が今に通じる名称であり俳号である。

次に挙げるのは、五明に改号した三十二歳の頃の句である。

おっぴらきかざす扇ぞ初桜　　　五明

藩主佐竹氏の家紋が「佐竹扇」といって「五本骨の扇に月丸」の紋所であったことから、「扇」の別称である「五明」に改号し、それからは専らにしている。

那波家の兄弟や親類縁者にも俳号を持つものが多かった。例えば十九歳で早世した長男の勇治は可雲、養家の義弟吉敏は花明、五明の嗣子祐敏は春朝などである。

生家の那波家も養家の吉川《きっかわ》家も久保田城下の商業の中心地茶町に店舗を構えており、俳諧を趣味とする人たちが多かったので、親戚縁者で俳席を楽しんでいたほどである。

この秋田の小夜庵五明（吉川五明）と伊豆の夜琴亭松十（池田弥兵衛）とは、生い立ちや経歴などがどこか似ている。生まれた年が享保十六年と十八年で二歳違いの同世代であり、二人とも養子に迎えられた身である。秋田藩御用商人と伊豆伊東の裕福な漁業商の違いはあるが、二人はそれぞれの商売に勤《いそ》しむ傍ら俳諧を趣味とし、五明は五十歳の頃から庵を結んで俳諧一筋の余生であり、松十は現役を続けながら兎山をはじめ美丸や一茶のような行脚や諸国の俳諧人を歓待している。二人が死亡したのも享和三年〈一八〇三年〉と文化二年〈一八〇五年〉で、享年は共に七十三歳であった。

いずれにしても美丸居士が若死にであったことは事実のようであるが、先生が話された十八歳ではなく二十七歳まで生きていたという事実を知り得たこと、さらに詩歌俳諧の達人のようだと書かれていた『黒甜瑣語』に触れたことで、末生はどうにか自得することができた。

それは当時の平均寿命が現代人の半分余りであったにしても、美丸という人が先生の話されていた十八歳で亡くなった俳人ということに思いを巡らす時、どうしても蟠《わだかま》るものがあったからである。それはこの人に俳句が残されていないと先生が話されていたことであり、一茶が墓参りに来ていたと話されておられたことも、末生の心には何かが突っかかり始めていたのである。

裏を返せば、この人に俳句が一句でも残っておれば、たとえ十三の早世であっても納得できるのである。さらにその句が優れたものであれば、夭逝《ようせい》の天才俳人と呼ばれているに違いないからである。墓石の施主の名が俳諧人の資料にあるからといって何の証明にもならない。美丸居士の名誉のためにも、この人の俳句を何としても見つけ出したいと思った。

さらに資料を調べてゆくと、寛政元年〈一七八九年〉の芭蕉命日に当たる十月十二日に奥州の俳人、子日庵一草《ねのひあんいっそう》という人が、潮来《いたこ》（茨城県）の臨済宗海雲山長勝寺に芭蕉の句碑「時雨塚」を建立している。


たひ人と我名よはれむはつしくれ　　はせを

その建立を記念して、子日庵一草は句集『潮来集』を寛政五年〈一七九三年〉に上梓している。その中の「象潟 蚶満寺にて」と書かれた項目の中に、美丸居士の俳句（発句）がついに見つかったのである。

この『潮来集』を書き残した子日庵一草という人は、黒沢尻か鬼柳《おにやなぎ》（＝岩手県北上市）出身の人で、「漂泊の俳人」と言われているように全国を行脚して蕉風運動に尽力した人である。また壮年になって播磨（兵庫県）の明石で「蛸壺吟社」を結成し、若い俳諧人を多く育て上げており、当時から兵庫俳諧の恩人として顕彰されている。庵号は「也鳧《やふ》」。「時雨房」の別号もある。本名、その他の詳細は明らかでない。

この人は文政二年〈一八一九年〉十一月に神戸で没したが、八十八歳まで長生きして多くの俳諧を書き残している。

次の美丸居士の句もその中の一つであるが、この座が持たれたのは『黒甜瑣語』に書かれてあった天明四年〈一七八四年〉に、美丸が小夜庵五明を訪ねた二十一歳の時と推考される。

志くるれは蛸ころひけり石の間　　美丸（古人）
三日の月にしくるゝ雲になくひ鳧　　路丸（古人）
時雨きや篠にこほるゝ蔓さゝけ　　扣角（南部）

振りそむる雪や闇より松の形　五明（秋田）
雪の夜や焼火に動く壁の煤　一草

この「象潟 蚶満寺」というのは秋田県南西部の海岸、鳥海山の北西麓の潟湖《せきこ》の湖畔にあった曹洞宗皇宮山蚶満寺《かんまんじ》のことで、景勝と歌枕の地として古くから有名な所であった。当時、象潟《きさかた》は八十八潟九十九島の景勝地で、宮城県の松島湾一帯と並び称される名勝の地であった。

豊かな干潟の海岸は蚶《きさ》の産地であり、美丸の句にもある蚶とは蚶貝のことをいい、赤貝の古語である。当時は地名を蚶方・蚶潟とも記していた。

この蚶満寺での俳諧の座には師の小夜庵五明も連座しており、季語によって冬季に行われたことが窺《うかが》える。

この『潮来集』が編集されたのは美丸の死去から四年後であり、同席の路丸という人もまた故人になっている。路丸という人に関しては、安永四年〈一七七五年〉九月に五明に伴われて青森県黒石市の温湯《ぬるゆ》温泉で湯治をしたという記述が残されている。

この人も美丸と同じく五明の門人であったと思われるが、記述から推測すると美丸よりも年長者のようである。

もう一人の扣角《こうかく》という人は一関（岩手県南部）の小松屋惣右衛門という人で、天明三年

〈一七八三年〉に当時の黒沢尻の俳諧グループ・玄皐連《げんこうれん》と共に北上市鬼柳町打越の白髭神社に、蕉風運動の一環として芭蕉の次の句碑を建てている。

枯枝に烏のとまりけり秋の暮　　芭蕉

末生は、今までこの句を「枯枝に烏《う》のとまりけり秋の暮」と読んでいた。中七の「烏」を「う」と読ませると十七音（文字）で決まるからであるが、当時の資料の中の読みはどれも「からす」と読ませている。現在では一般的に中七の字余りや字足らずを嫌う傾向にあるが、当時の句の中には八音、九音（文字）も多く詠まれている。

しかし初案の句は延宝九年〈一六八一年〉に刊行された俳諧撰集『東日記《あずまのにき》』（池西言水《ごんすい》編）に載っている次の句である。中十音（文字）の句である。

枯枝に烏のとまりたるや秋の暮　　芭蕉

特にこの句は芭蕉三十七歳の延宝八年〈一六八〇年〉に詠まれた句であるが、当時主流の西山宗因を中心とする談林風俳諧から芭蕉独自の俳句形成の兆しの句として、現在では特に注目されている。

しかし元禄二年〈一六八九年〉編集の『曠野《あらの》』で、芭蕉は次のように筆削して収めている。

枯朶に烏のとまりけり秋の暮　　　芭蕉

蕉風俳諧へ転換する秀句の一つといわれている初案の句に対して、『曠野』が編まれて以降のほとんどの句集では、「枯朶《かれえだ》に烏のとまりけり秋の暮」を取り上げている。しかし後者では、芭蕉独自の背景が弱まってくると批判する資料が多く見かけられた。

末生が見た資料には、二句がそれぞれに評価されており、その都度両句が提示されては議論され、今では二句それぞれが生きている感がある。

参考のため、芭蕉初案の「枯枝に烏のとまりたるや秋の暮」を撰集している『東日記』の編者、池西言水という人について付記する。

この人は大和国奈良の出身で、芭蕉より六歳年下の同世代の人である。十六歳で法体《ほったい》して俳諧に専念し、延宝四年〈一六七六年〉、二十六歳の頃から江戸に出て当時主流の談林風を鼓吹しつつ、芭蕉、高野幽山、椎本才麿《さいまろ》と交流しながら撰集活動をするうちに、芭蕉の俳諧（俳句）における理念に触れて談林風から蕉風へ転向した人である。逸早《いちはや》く芭蕉を認めて蕉風を選奨し、その後に転換期を迎える蕉風運動への先駆的俳人の一人に数えられる。貞享元年〈一六八四年〉以後は京都に定住し、俳壇の革新に寄与する一方、雑俳点者《ざっぱいてんじゃ》としても活躍した。

この人には元禄三年〈一六九〇年〉、四十歳の時に詠んだ有名な句がある。この句によって「凩《こがらし》の言水」と言われている。

凩の果はありけり海の音　　言水

また、末生には季語「凩・木枯らし」の俳句に出合う時、いつも頭に浮かぶ句が一つある。山口誓子〈一九〇一～九四年〉の次の句である。

海に出て木枯帰るところなし　　誓子

若い頃の五明は父親の影響もあって、上方俳諧の松木淡々《たんたん》一派風の専ら可笑《おか》しみを狙った低俗な句を詠んでいたが、五明と改名した三十二歳の頃から奇矯卑俗な当時の俳風に疑問を抱くようになり、芭蕉の俳書を独自で学び、その真髄に触れて蕉風を自得したという。その後は「芭蕉に帰れ」の旗印を掲げて蕉風運動の発揚につとめ、数百の門人を擁して秋田俳壇に最盛期をもたらしている。
また俳諧人との付き合いも多く、目通しした人、親交のあった人など全国の優に六〇〇人を数える記述が残っている。これらの人が俳書を作る時には、決まって五明は句を求められた。また江戸の宗讃、信州の美濃口春鴻、先述した鳴立庵の倉田葛三、京の井上重厚、播磨の栗本玉屑《ぎょくせつ》など著名な俳人の来訪を受けている。晩年には一茶とも親しかった。
例えば信州の春鴻と葛三が寛政六年〈一七九四年〉七月に奥羽行脚に出ており、秋田の五明、南部の素郷、仙台の図南、鉄仙、白石の乙二を訪問しながらの見聞である。八月に訪問を受けた五明は、別れの際に「春鴻葛三を送る」と題して次のような句を詠んでいる。

稲刈にまきれて笠のみえすなりぬ　五明

後年、倉田葛三は文政元年〈一八一八年〉に亡くなり、鳴立庵九代庵主を嗣号した門弟の遠藤雉啄《ちたく》が、翌文政二年に上梓した『葛三句集』の中に、奥羽を行脚した年の句が載っている。

みちのくを見て来て梅の師走哉　葛三

五明の中興俳諧運動は、明和五年〈一七六八年〉三十八歳の時に四名の同志と『四季之友』を編集して、芭蕉の精神を鼓舞したことに始まる。

この中興俳諧運動というのは『俳諧大辞典』によると、芭蕉没後の俳諧の低俗化を嘆き、芭蕉の精神に帰すべしとする運動であり、その気運が熟したのは明和三〜四年〈一七六六〜六七年〉に京都の三宅嘯山《しょうざん》、炭太祇《たんたいぎ》、随古が巻く『平安二十歌仙』に与謝蕪村が序をつけて刊行された明和六年の頃とされている。

五明の蕉風復帰運動もこれと時を同じくしており、この頃五明は京の蕪村、金沢の堀麦水、高桑闌更、江戸の大島蓼太、鳥羽の三浦樗良《ちょら》、名古屋の加藤暁台という、俳史に残る俳人たちと文通している。

そして蕪村から「春の海」の自画讃を贈られたのもこの頃である。

春の海ひねもすのたりのたりかな　　蕪村

安永四年〈一七七五年〉十月、五明は秋田市八橋本町にある日蓮宗塚原山宝塔寺に、芭蕉の八十回忌供養の句碑を建てている。五明、四十五歳の時である。

この句は芭蕉が元禄七年〈一六九四年〉三月二日、江戸上野の東叡山寛永寺の花見で詠んだものであるが、芭蕉はこの年の十月十二日、上方への行脚途上の大坂で客死している。

四ツ五器のそろはぬ花見こゝろ哉　　　芭蕉

末生はこの句に出合って以来、上五の「四ツ五器の……」がどうしても腑《ふ》に落ちない文言であった。この句碑にも当然そう刻まれているのだが、これまでに読んだ資料の中にも人によっては異議を唱えるものもあった。それは托鉢僧《たくはつそう》が持参する四つ一組の食器のことで、「五器」は「五つの器」ではなく「御器」の誤りで、「四つの御器」ではないかという異見である。

仏具に関して調べてみると、「五器」というのは仏前を荘厳する五個の法器で、一対の花瓶《けびょう》と一対の燭台《しょくだい》と一個の香炉のことで、仏前に供える五具足のことをいうようである。芭蕉は「花見ごゝろ」を詠んでいるのだから、托鉢僧の持ち歩く「四つの御器が揃わない」の方が納得できる。

その後、寛政四年〈一七九二年〉に、五明と親しかった子日庵一草が八橋本町の宝塔寺を訪れて、五明の建てた芭蕉の句碑を見て行脚俳人らしい句を詠んでいる。

旅の花に此五器一ツほしき哉　　　一草

また、この宝塔寺には五明一周忌の句碑がある。
前記のように五明は享和三年〈一八〇三年〉十月二十六日に亡くなっており、その翌文化元年〈一八〇四年〉に遺族と門弟たちが建てたものである。五明が芭蕉の八十回忌に建てた句碑の隣に建てられている。

日向あり日陰ありて芭蕉静かなり　　五明

蚶満寺で美丸と連座していた師、小夜庵五明には六千余の句が残されているが、その中の幾つかを書き記す。

雛祭見るや見ぬ世の光る君　　五明
春の夜や心の隅に恋つくる
春の夜を流るる船の鼓かな
鶯に衣《きぬ》流したる女かな
年古き梅あり秣《まぐさ》積める家
象潟や森の流るる朝かすみ

何処となく野を焼く匂ひ腹減りぬ
髪結ひの手の冷たさよ五月雨
雲を蹴て月を吐いたりほととぎす
つばくろの顔掻く肩のとがりかな
鳥の糞地に音高し夏木立
逆のぼる鮭に月とぶ早瀬かな
栗一つ握りて丸き子の手かな
痩せきびの節々折れて秋暮れぬ
降る中へ降りこむ音や小夜しぐれ
濡れ雪のまぶたに重し戻り馬
けふもまた大根くさし冬ごもり
雪の野や人を枝折に人の行く
雨に音なしつららの折るる音折々
流れきて氷を砕く氷かな

五明には書き物など多くあるが、ついでに俳文を一つ記す。

『甘鯛の味噌漬、沖鯖の刺身、青鷺に蓴菜《じゅんさい》とほのめき、畑の青豆はじかせて、臍の穴の見えぬ程に水飲喰ひ、戸板に藺筵《いむしろ》走らせ、男鹿の山風に背中を吹かせ、太平山の月に対して、思ふ事もなく云う事もなく、是ぞ仏の心なるべし。

涼しさに死ぬ稽古せん一枕　　五明』

（藤原弘編『秋田俳書大系・吉川五明集上・下』）

同じく蚶満寺で連座し、『潮来集』に美丸の句を書き残していた子日庵一草の句も幾つか書き記す。

神垣や又とをらせぬ梅の花　　一草
夜桜や明日ある人は帰るべく
柳ありて人住む流見ゆるかな
萩見つつをればそなたに月出る
小夜庵のしぐれを聞いて玉祭
南無時雨ふるきに蓑をきせ申

また、松尾芭蕉も「奥の細道」の途上に象潟を訪ねて詠んでいる。それは美丸が蚶満寺で五明たちと連座したと推考される天明四年より九十五年前の元禄二年〈一六八九年〉六月十六日～十七日である。

象潟や雨に西施がねぶの花
汐越や鶴はぎぬれて海涼し　　　芭蕉

まず「象潟や……」の句は、中国春秋時代の越の国の薄幸の美女西施《せいし》が、その病む胸に手を置いて半ば目を閉じた姿と雨にけぶる合歓《ねむ》の花、やがて夜には葉を閉じる「ねぶ」とを掛詞《かけことば》にして、あいにくの雨ではあるが象潟の風景はなんと魅惑的なのだろうと詠んでいる。

そして蚶満寺から眺めた象潟の情景を松島と対比して、次のように描写している。

『……此寺の方丈に座して簾を捲《まけ》ば、風景一眼の中《うち》に尽て、南に鳥海、天をさゝへ、其陰うつりて江《え》にあり。西はむやゝの関、路をかぎり、東に堤を築て、秋田にかよふ道遥《はるか》に、海北にかまへて、波打入る所を汐こしと云。江の縦横一里ばかり、俤《おもかげ》松島にかよひて、又異なり。松島は笑ふが如く、象潟はうらむがごとし。寂しさに悲しみをくはへて、地勢《ちせい》魂をなやますに似たり。』

当初、芭蕉はこの地で「きさかたのあめや西施かねふのはな」と詠んでいる。

この句を芭蕉はずっと筆削し、句に余情を生じさせて『奥の細道』の成立時には前記の「きさかたや雨に西施がねぶの花」に改めている。

ただ、地元の蚶満寺やJR羽越本線象潟駅近くの句碑には、真蹟懐紙(芭蕉自筆の懐紙＝蚶満寺蔵)を模した初案の句が刻まれている。

きさかたの雨や西施かねふの花　　　芭蕉翁

二句目の「汐越や鶴はぎぬれて海涼し」の句は、浅瀬に降り立った鶴の脛《はぎ》が打ち寄せる波に濡れているさまは涼しげである、と汐越の海を詠んでいる。

この句も地元のJR象潟駅近くの句碑には、芭蕉真蹟の懐紙に「腰長の汐といふ処はいと浅くて、鶴下り立ちあさるを」と添え書きのある初案の句が刻まれている。なお、腰長の「長」は「丈」と同意で、読みも「こしたけ」である。

腰長や鶴脛ぬれて海涼し　　　芭蕉翁

随行した河合曾良《そら》も象潟で詠んでいる。

象潟や料理何くふ神祭　　曾良

季語は「神祭」で、象潟の熊野権現の夏祭（六月十七日）のことである。「奥の細道」の旅で二人はその祭りに出合っており、祭の期間は魚介類を食べないという風習があったようである。それで「蚶貝の産地のこの界隈の人々は祭の日、何を食べているのだろう」と詠んだのであろう。詠もうとしたモチーフは思いの外通俗的であり、如何にも俳諧らしい句である。

芭蕉が『奥の細道』を書き上げたのは、この時から五年ほど経った元禄七年〈一六九四年〉の春頃であるが、芭蕉はその年の十月十二日に大坂で客死している。

この『奥の細道』が刊行されたのは象潟を旅して十三年後、芭蕉が没してから八年後の元禄十五年〈一七〇二年〉に、京都の書肆《しょし》（書店）井筒屋庄兵衛方より版行されてからのことであり、以後版を重ねて広く世に伝えられた。

付記するが、松島と並び称された名勝の地であった象潟は、文化元年六月四日〈一八〇四年七月十日〉の直下型地震で地盤が二・五メートル隆起して、九十九島は残ったが、八十八潟と謳われた潟湖は消失してしまった。芭蕉が象潟を訪ねてから一一五年後であり、美丸が訪ねた年から二十年後のことであった。

前記しているが、一茶の「連句稿」の中に見つかった一茶、松十、兎山、蘭の四人で巻いた連句は、寛政の何年なのか知りたくて、長野郷土史研究会・小林一郎編の『一茶発句全集』を調べることにした。

しかしその中の夏の部「夕涼み」の項目に「浦風に旅忘レけり夕涼」は確かに載っていたが、「連句稿」から「この発句」を引用しているためか、同じ「寛中」（＝寛政年間の意）となっていた。

そこで寛政は十二年間であったから、同席していた蘭が亡くなった寛政六年二月以前の五年間ということになる。

一茶が墓参りに来たのもその時であったろうと思われるが、はっきり分からないままに、末生は伊東市の温泉文化施設に指定されている旧旅館「東海館」の資料展示室を訪れた。

そこで「伊東温泉を訪ねた文人墨客」の中に、小林一茶が寛政四年〈一七九二年〉に伊東新井の網元夜琴亭松十宅を訪れたという記述（写し）を偶然見つけたのである。この寛政四年こそ一茶と連句を巻いた年に契合するものであり、これによって連句は寛政四年の夏場に巻かれたことが判明された。

さらに一茶の行動（行脚）にもこのことを立証する記述があった。一茶は三十歳になった寛政四年の三月から七年間、京都、大坂、河内、淡路島を巡って四国へ渡り、その後、九州、近畿地方各地へと俳諧修行の西国行脚をしている。

寛政四年三月に江戸を出発したことになっているが、真っすぐ関西へは向かわず、俳諧仲間が多くいる下総《しもうさ》や上総《かずさ》、江戸界隈を巡っており、六月になって漸く関西方面に向かっている。しかし一茶にとって西国は未知の国でもあり、行脚に必要な金の無心かどうかは知らないが、その途上にも浦賀素柏亭を訪問し、ついで伊東の夜琴亭松十を訪問し、遠江の知人を巡ってから京都へ向かったことが記述されている。

松十邸での連句の中に、一茶の「発句」を受けて松十が「脇」七七の句で「筵《むしろ》穂御意《を》に入りし六月」と詠んでいるように季節的にも合っている。そして六月も後半であろうから、現在の西暦では七月後半～八月初めの頃に当たるので符合している。

また、前記の一茶が最初に上梓した撰集『たびしうゐ（旅拾遺）』は、この西国行脚の途上であった寛政七年〈一七九五年〉三月に四国から一旦大坂に入り、それまでの約三年間の俳諧修行の成果をまとめてその年の秋頃に出版したものである。前にも引用している松十の「後は何処へ逃ん土用の朝曇」の句もまた、連句と同じ時に詠まれたものを書き留めた句であると思われる。

その後、一茶は享和二年〈一八〇二年〉にも松十邸を訪れたことを自身の『句日記』に書き留めているが、この享和二年は蘭が亡くなってから八年後、美丸が亡くなって十三年後の一茶三十九歳の年である。それから三年後の文化二年〈一八〇五年〉に松十が亡くなっている。

とりあえず、末生は史料を頼りに僅か一句だが、美丸居士の「志くるれは蚶ころひけり石の間」を奥羽地方の俳諧人との座の中に発見したことで、当初の疑念が何となく安堵の心地に変わっていった。

さらに史料を調べていくと、美丸は天明三年〈一七八三年〉に下総の八日市場蕪里（現在の匝瑳市《そうさし》蕪里《かぶざと》）の松風庵玉斧《ぎょくふ》という俳諧人を訪ねている。

この人は本名大木幸太夫という人で、蕪里村の名主《なぬし》であった。この時代の村名主というのは郡代、代官または大きな庄屋の下で村内の民政に従事した役人のことをいい、村方三役の長のことをいった。身分は百姓である。

文人としては水戸の松風庵二世胡蝶に俳諧を学び、仙台の松島瑞巌寺や成田山新勝寺公園に芭蕉の句碑を建てるなどして蕉風運動の一端を担っている。

例えば成田山公園に建てた句碑は、鎌倉時代に伊賀国にあったという東大寺再建の大勧進を務めた俊乗坊重源の旧跡、護峰山新大仏寺という所で元禄元年〈一六八八年〉に芭蕉が詠んだ句を、一〇〇年後の芭蕉の命日に当たる天明八年〈一七八八年〉十月十二日に建立している。
俳諧紀行『笈《おい》の小文《こぶみ》』（元禄三年〈一六九〇年〉頃成立）にある次の句である。

丈六に陽炎高し石の上　　はせを翁

松風庵玉斧は、一茶や美丸など自宅に来泊した多くの俳諧人との交流を伝える「松風庵客名録」を残しており、房総俳壇の先駆者の一人に数えられている。庵号は銀杏亭。
その「松風庵客名録」の中に、玉斧と美丸との短連歌が見つかったので書き記す。

君火たけ蕪引くばや歌枕　　玉斧［長句］
時雨るゝ庭に落葉かくなむ　　美丸［短句］

そして玉斧は、師である水戸の松風庵二世胡蝶から松風庵三世を嗣号した記念の句集『矢さしが浦』を、天明七年〈一七八七年〉の頃に上梓している。
まず、その中の玉斧とその師・胡蝶の句を書き記す。

弓張の影や矢さしが浦の春　　玉斧

玉鉾の筆を下すやはつ硯　　胡蝶（師・故人）
涼しさや草に飽きたる馬の顔

さらに、この句集には「宗祇の旧蹟に庵を得て」と題された項目に七人の句が載っており、その中に美丸の句が見つかった。美丸の所在は「洛（京都）・行脚」となっている。

桜見る人とらまへて代かゝむ　　美丸（洛・行脚）
うくひすや夜もほのほのと窓明り　　二川（新川）
紅梅や風呂に酔ふたる児の顔　　天地庵（溝口素丸）
鐘の緒にひとつゆらるゝ乙鳥哉　　白兎園（中川宗瑞）
行水の除て通る芦の角　　多少庵（鈴木秋瓜）
梅が香や寝すに夜明る泊狩　　抱山宇
玄鳥の塵見て歩行都かな　　雪中庵（大島蓼太）

玉斧の他の句を幾つか書き記す。出典は玉斧編『初霞』、蓼太編『芭蕉庵再興集』、蓼太・眠江編『笘のやど』。

初かすみ田鶴悠然と居りにけり　　玉斧
行年の浪も花まつ九十九里
蕣《あさがほ》や北の家陰の花ざかり
か丶みほと顔出す窓や梅の花

余談であるが、前記している雪中庵大島蓼太という人が、寛保二年〈一七四二年〉、二十五歳の時に次の句を詠んでいる。

世の中は三日見ぬ間に桜かな　　蓼太

僅か三日ほど見ていないうちに気付いたら桜が咲いていた、と季節の変わる早さを素直に詠んだ名句である。

この句を江戸っ子はすかさず助詞の一字を替えて「世の中は三日見ぬ間の桜かな」と読み替えて流布し、世の中の移り変わりの激しさをいう慣用句に変えてしまっている。どちらが原句か戸惑いを覚える昨今である。

その後の調べで松風庵玉斧は『矢さしが浦』を上梓する一年前の天明六年十月〈一七八六年〉に、美丸と連れ立って秋田の小夜庵五明を訪れており、この訪問は俳諧に関することではないが大きな意義のある行動であったことが五明関係の資料によって判明した。

五明には家族の歴史や秋田藩佐竹氏との関わり、俳諧における自身の来歴とそれに伴う作品など多くの資料が残されている。さらに交流のあった俳諧人たちの記念句集、交換文書、俳席での詠句、後世に書かれた五明に関する書物など様々である。

それら後世になって書かれた資料の中に、次のような記述が見つかったので書き記す。


『俳諧には関係のないことだが、五明は秋田に馬鈴薯栽培を普及させた功労者だった。天明三年の凶作の年に下総（千葉）の歌僧美丸法師が五明の小夜庵を訪れた。美丸は秋田農民の窮状を見て帰り、天明六年に再び来訪した時、琉球種のアップラ（馬鈴薯）を頭陀袋にしのばせて持って来た。

翌春五明が菜園に植えたところ、夏になって茎高くのびて花をつけた。

花咲いて根に待たれけり草の種
これがきっかけとなって、佐竹領に救荒食物として馬鈴薯の栽培が盛んになり、二十年後には市場で売られる程に普及したのであった。アップラはオランダ語のアールト・アッペル（土のリンゴ）のなまったものと思われ、南秋田方面では今でもそう呼んでいる。』

（藤原弘編『吉川五明集』）

末生はこの記述を読んで、五明にアップラを持って来た「下総（千葉）の歌僧美丸法師」とは、美丸居士のことだと即座に判断することができた。そして「下総（千葉）の」とあるのは大木幸太夫のことだとも思った。歌僧でも法師でも別に構わない。五明にアップラを持って来た人の名に「美丸」と記述されていることが、奇跡的にして納得のいく成り行きなのである。それは末生がずっとこれまで追い続けてきた資料の筋道に適っているからである。

行脚も法師も風体が似ているので記述する人の見た目、聞く耳次第でいかようにでも表現されることはあり得ることである。行脚を続けた子日庵一草のような人は「一草法師」と書かれているものが多くあった。さらにこれまで調べた江戸期の資料の中で出合った俳諧人やその他の人の中に、美丸やそれに近い名の人物は他にいなかったことも事実である。

今、末生が感動を覚えているのは、伊東漁港の近くの寺にぽつんと眠る美丸居士の俳人たり得る証しを探し求めて、二百数十年の時の流れを遡ってきたその先で、この人たちの人助けに出合うことができたことである。

それは美丸居士が行脚の俳人であったこと、そして奥羽の人々の窮状を受け止めて実行に移した名主・大木幸太夫（松風庵玉斧）という人との出会いがあっての賜物に思われる。末生には予想もしなかったことだけに嬉しさも一入《ひとしお》であり、何よりも喜ばしい行為である。

ただ、このアップラ持参の文書には、これまでの末生が見極めてきた資料と異なる点が二つある。

一つは、人見蕉雨『黒甜瑣語』の記述を再び書くが、『天明甲辰の秋上野 今人のよぶ名也 実は川尻村の内の小夜庵五明が方へ美丸と云ふ行脚来たり紀州の産にて今年二十一歳なるが詩歌連俳の達人と云』とあった。

この書き出しによると、美丸が小夜庵五明を訪ねたのは『天明甲辰の……』とあるので、この年は天明四年〈一七八四年〉に当たるのだが、前記のアップラ（馬鈴薯《ばれいしょ》）持参の文書では『天明三年〈一七八三年〉の凶作の年に下総（千葉）の歌僧美丸法師が五明の小夜庵を訪れた。……』となっており、一年違うところである。

しかしこれは天明の飢饉《ききん》に関して調べると理解できる。江戸時代には三つの大きな飢饉の期間があった。年代的に享保の飢饉〈一七三二年〉、天明の飢饉〈一七八一～八九年〉、天保の飢饉〈一八三〇年代〉があり、その中でも天明の飢饉は天明年間を通じて毎年のように飢饉が発生し、特に天明三年〈一七八三年〉と天明六年〈一七八六年〉は惨状が甚だしかったのである。参考のため、天明の飢饉に関する史実を繙《ひもと》くことにする。

＊

天明年間〈一七八一年〜八九年〉には連年にわたって飢饉が発生し、とくに一八七三年〈天明三年〉と八十六年は惨状が甚だしかった。西日本とくに九州は八二年に飢饉にみまわれたが、西日本の場合、天明年間の前半には収束した。飢饉はむしろ東日本、とくに東北地方太平洋側（陸奥国《むつのくに》）と北関東一帯で猛威を振るった。津軽《つがる》地方では早くも安永《あんえい》年間〈一七七二〜八一年〉の末期に凶作の兆しがあったが、八戸《はちのへ》地方では八三年夏に「やませ」が吹いて冷害となり、稲が立ち枯れ、東北飢饉の前触れとなった。そこへ同年七月の上州浅間山の大噴火が重なり、噴火による降灰の被害は関東・信州一円に及び、その被害の甚だしかった北関東、上野《こうずけ》（上州）、下野《しもつけ》（野州）、信濃（信州）では凶作から飢饉となった。

かくて陸奥では「神武《じんむ》以来の大凶作」といわれた卯歳《うどし》（一七八三年）の飢饉となった。これは、霖雨《りんう》（長雨）、低温、霜害、冷害などの自然的な悪条件だけでなく、過酷な封建的搾取や分裂割拠の支配体制による津留《つどめ》・穀留《こくどめ》政策の犠牲という政治的・社会的原因が、飢饉の惨状を極度に悪化させた。このために津軽藩では一七八三年九月〜八四年六月にかけて、領内人口のうち八万一一〇〇人余の飢餓《きが》・病気（むくみなど）による死亡、八戸藩では六万五〇〇〇人のうち餓病死者三万人余と記録されており、また陸奥辺境部各地では人肉相食《あいは》む凄惨《せいさん》な話が伝えられている。

（『日本大百科全書　ニッポニカ』小学館、天明の飢饉・山田忠雄執筆）

このような史実に対して、近代以降になってから書かれたアップラ持参の文書は、印象の強い「卯歳＝天明癸卯《きぼう》〈天明三年〉」が書かれたのであろうと思われる。一方、国学者の人見蕉雨は、同じ秋田藩内の身近な存在であった小夜庵五明の逸話を見聞きしたまま書いているので信憑性《しんぴょうせい》が高いと思われる。

＊

もう一つは、アップラ持参の文書が『下総（千葉）の歌僧美丸法師が五明の小夜庵を訪れた。美丸は秋田農民の窮状を見て帰り、天明六年に再び来訪した時、琉球種のアップラ（馬鈴薯）を頭陀袋《ずだぶくろ》にしのばせて持って来た。』となっているところである。

前記の通り、同行した玉斧は下総の村名主大木幸太夫という人であったから、下総の玉斧と行脚の俳諧師美丸との二人が混じり合って、「下総の歌僧美丸法師が」と一人称になり、一人だけの記述になったものと思われる。

このことは『伊東誌』にあった『いさりの俤』の井上士朗の序文の中で、『伊豆の松十は西道法師の徒にてやあらん漁の中に……』と書かれていたように、「西行法師」とするところを「西道法師」と書き違え、また倉田葛三の跋文の中の『伊東の裏の豪富にして……』と読みは同じだが、漁港などを意味する「浦」と書き違えたようなものである。

*

低温等の不良環境に強く救荒作物といわれるジャガイモ（馬鈴薯）は、天明の頃の日本にはあまり普及していなかった。参考のために、ジャガイモに関する史実を繙くことにする。

日本には一六〇一年〈慶長六年〉にジャカトラ港（現在のジャカルタ）からオランダ船によって長崎県の平戸《ひらど》に運ばれたのが最初で、ジャガタライモと名づけられた。それが略されてジャガイモと呼ばれるようになった。寛政年間〈一七八九年～一八〇一年〉にはロシア人が北海道や東北地方に伝え、エゾイモの名で東北地方へ広がった。日本でも最初はヨーロッパ同様観賞植物扱いであったが、その後飢饉のたびに食糧として関心が高まった。甲斐（山梨県）代官中井清太夫《せいだゆう》の尽力により、食糧難を乗り越えたことから「清太夫いも」の名でよばれたこともあるなど各地に逸話が残っている。こうして一九世紀後半の幕末までには救荒作物として全国的に広がった。しかし本格的に普及したのは、明治初期に北海道開拓使などがアメリカから優良品種を改めて導入してから以降のことである。

（前掲書、ジャガイモ・星川清親執筆）

このように、江戸時代の自然災害や飢饉などの救済対策は各藩内、または代官領地内の単位で行われていたので、全国的に奨励され一気に増産されるようなことはまだなかった。

*

二人が五明にアップラを持参した天明六年〈一七八六年〉の頃は、農民や下層階級の窮状から、幕府や藩が救済対策を緊急に講じなければならないような事態が続いていたのである。いずれにしてもこのアップラ持参の文書は、奥羽地方に限らず天明年間の食糧事情をよく叙述している。

同行した玉斧（大木幸太夫）は名主という仕事柄、アップラ（馬鈴薯）と呼ばれていた植物が冷涼な気候を好み、生育期間が短く、荒れた土地でも栽培できる適地性の広い植物であるという情報を持ち合わせていた人である。美丸や一草のような俳諧行脚の人たちとの付き合いの中で奥羽地方の窮状を知り、民政を預かる名主としての使命感に燃えたのであろう。

さらに玉斧とすれば、五明が秋田藩との良き関係にあることを多くの俳諧人から聞いており、是非会ってみたい人物であり、門弟の美丸を介してアップラの種芋を手土産に訪ねることを切に願ったものとも思われる。

天明六年の秋十月にもかかわらず、二人は長旅をしている。奥羽地方の十月といえば寒さが募るばかりである。陸路を行ったか船で行ったか定かではないが、下総の蕪里（千葉県北東部、現・成田国際空港近く）から秋田までの陸路の距離は片道で一四〇里（五六〇キロメートル）ほどになり、往復では二八〇里（一一二〇キロメートル）ほどになる。さらにこの時の年齢は美丸が二十四歳と若かったが、玉斧は七十七歳という当時としては超高齢での強行である。

これには五明が句を詠んでいるように、種芋を植え付ける翌年の春から逆算して本格的な冬の到来を前に種芋を届け、かつ栽培方法を伝えるには、この日取りがこの年最後の機会であると玉斧自身が判断したためと思われる。

ジャガイモ栽培の特徴の一つには、種芋を植え付けるまでの作業がある。種芋が一定の休眠期間を経過した後に適当な条件の下で、一個の種芋に三か所～五か所の発芽があり、その発芽を中心にしてその種芋を三～五片に切り分けて植え付けすることが必要である。その作業のやり方を知らせること、そして植え付けた後の生育期間は約一〇〇日を要するので、収穫から逆算した日を植え付け日とすることが基本である。

春作の植え付けは地方によって違いはあるが、奥羽地方では三月中旬から四月上旬の頃とされている。その理由は梅雨入りの前に収穫できる実を結ばせるためである。

また、ジャガイモは連作を嫌う作物であることなども大切な知識の一つである。さらに種芋を適時に発芽させる方法や植え付ける畑の畝間《うねま》、切り分けた種芋の株間と深さなどの方法も伝える必要がある。

アップラ持参の文書には残念ながら玉斧の名は書かれていないが、アップラの種芋持参時での玉斧（大木幸太夫）は余人をもって代えがたい人なのである。しかしそれは「下総の歌僧美丸法師が……」の「下総の」と書いてあることが、玉斧が居合わせた何よりの証しである。

翌年の春、ジャガイモの花が咲いたときに詠んだという句は実りの日が待たれる臨場感に溢《あふ》れており、「草の種」の表現も面白い。

花咲いて根に待たれけり草の種　　五明

そして原文には『これがきっかけとなって、佐竹領に救荒食物として馬鈴薯の栽培が盛んになり二十年後には市場で売られる程に普及したのであった。』と書かれている。

このような結果に成り得たのは、佐竹領（秋田藩）自体が進んで取り上げたからにほかならないのである。

本家の那波家も養家の吉川家も御用商人の処遇を受けていたが、特に五明には京都那波家の父祖由来の繋がりがあって、藩主佐竹氏の覚えがめでたかったことが挙げられる。

例えば、安永三年〈一七七四年〉、八代藩主の佐竹義敦《よしあつ》公（雅号曙山、当時二十七歳）が鷹狩りの途中に、五明（当時四十四歳）の寄居虫楼《ごうなろう》（＝当時の庵名）に立ち寄られている。

また、寛政三年〈一七九一年〉、五明が六十一歳の折には九代藩主になられた義和《よしまさ》公（天樹院、当時十七歳）が小夜庵を訪ねられたという記述がある。

その時、義和公に奉った句。

わが庵と思われぬ風の薫りかな　　五明

さらに寛政十二年〈一八〇〇年〉、五明が七十歳（古希）の折には藩主義和公（当時二十六歳）から芭蕉の一軸と金千疋を賜ったことが記録されている。

及ばずながら、これまで美丸居士の俳諧の発句（俳句）二句と短連歌の短句（付句）一句を探し出すことができたことは末生にとって嬉しいことであり、美丸居士にとっても喜ばしいことである。俳句があまり残っていないのは、若くして亡くなったためであろうと思われる。

当時は書物を持ち歩き、詠ずるままに書き足して、時には列座の人の俳諧も書き足しながらの行脚であるから、船が沈んでもろともに流失とか、書類は残っていても無名の独り身の俳人であったから、対処する術もなく埋もれてしまったかもしれないのである。

資料によれば、元禄の頃から俳諧師が行脚の途に就くときは師匠の許しを得るのが習わしになっていたようである。それは見ず知らずの土地への行脚であるから、師匠馴染みの人への紹介状があれば何かと都合が良いからであったのだろう。しかし師匠の紹介状があるからといって、簡単には世話になれるとか、接待に与れるとは限らないのである。

師の紹介状と共に自分の句を差し出してお互いの句を披露し合い、さらに付句等の試みがある。

その場で主人が得心すれば客人として迎えられるが、下手をすると「どこそこにこれこれの宿があるから、明日おいでください」と言われてしまうのである。毎日このような試練の中で一草や一茶、美丸など行脚の俳諧師たちは腕を磨いていたのである。

末生は紀州育ちの美丸が羽後秋田の五明の門人であったことを不思議に思い続けていたのだが、このような事実を知ってはじめて何となく納得の行く心境になってきた。

美丸が初めて訪ねた時の五明は五十四歳の頃であり、家督を嗣子祐敏に譲って隠居し、俳諧に専念して数年が過ぎた意気盛んな時である。

前記した上野村（川尻）の伊藤紅塵の旧庵を修復して「小夜庵」を結んだ頃であるから、全国の俳諧人との交流も本格的に取り組んでいた時でもあった。

五明という人は「来る者は拒まず」風な考えの人であったのだろうか。多くの門人が集まったのは、行脚する時に紹介状をお願いするのにはうってつけの師匠であったからなのだろうか。美丸もそのような都合で門弟になったのであろうか。

いずれにしても、このような行脚を専らにしていた美丸と、村名主としての大木幸太夫（玉斧）との出会いがあって成し遂げられた「アップラ持参」の功績は、小夜庵五明のみならず、二人もまた顕彰されて然るべき功労者である。


笹沼先生の講座で美丸居士という人を初めて知り、その墓には江戸期三大俳人の一人、小林一茶が墓参りに来ていたということも知らされた。

ところが、その俳人には俳句が残されていないと言われた先生の言葉に矛盾を感じ、それが逆に励みとなって末生は俳諧の世界を遡ってきたのだが、美丸居士と一茶との関わりが未だどこにも見えてこないのである。

なぜ一茶は美丸の墓参りに来たのだろうか。それは一茶の経歴を見ての推測であるが、一茶が俳諧で生きると決めたのは二十歳を過ぎてからの頃である。一方、美丸は一足先にこの道を歩いていた青年のようである。一茶も俳諧を志してのちは、主に行脚を通し続けた俳諧人である。

他の俳諧人に比べて若い二人は、親しくなるのに時間はかからなかったと思われる。互いに身の上話などをするうちに生い立ちや境遇など、もしかしてよく似ていたのかもしれない。さらに二人には同い年という親しみの感情があったのではないだろうか。俳諧人として生きて行く悩みを語り合う多感な付き合いがあったのではないだろうか。

そして二人の心の内には、江戸に近い温暖な伊東の地に、自分たちをいつでも歓待してくれる夜琴亭松十という人の存在があったのだろうと思われる。

美丸が生まれ育った紀州（和歌山）は、蜜柑《みかん》などの農作物や海産物など生産されるものが伊豆によく似ている。同様に風土の面でもよく似ている。

紀州は大坂、京を控え、豆州（伊豆）は江戸を控えて、当時の都市エネルギー供給の資源である薪炭や建築用の木材、石材、食べ物では蜜柑や九年母《くねんぼ》などの柑橘《かんきつ》類、楊梅《ようばい》（山桃）、柴胡《さいこ》（生薬）、山葵《わさび》や、人々の歯磨きと楊枝の材料に使われていた黒文字といった日用品等の生産地であった。

一方の一茶の生まれ故郷の信州（信濃）は、「是がまあつひの栖か雪五尺」と自身が詠んでいるように雪の多い所である。

その一茶には温暖な風土へ憧れる気持ちがあったはずだと、雪国生まれの末生には推量されるのである。

生まれ育った自然環境の全く違う美丸と一茶であったが、伊豆の風土への親しみと憧れ、そして夜琴亭松十という人柄への安らぎがあったのではないだろうか。多作の人であった一茶はその後、美丸居士より三十八年を長生きして約二万二〇〇〇の俳諧の句を残している。享年は六十五歳であった。


しかしながら、末生が辿り着いた結論は、一茶と生前の美丸には付き合った形跡がなく、会ったことすらもなかったように思えるのである。

一茶が美丸の墓参りに来ていたと言っておられた笹沼先生も、誰かの話をそのまま受け売りされたのではないだろうか。末生もまた先生の言葉にとらわれて、先ほどのように二人の胸中を推し量り、これまで勝手な空想に耽《ふけ》っていたことになる。

小林一茶という人は多くの俳句を詠んでいると同時に、『寛政三年紀行』や自身の日録風の句文集や日記、『父の終焉《しゅうえん》日記』や『おらが春』など著述類も多くあり、メモ魔と言われたように多くのことを記録していた人である。

例えば、一茶は五十一歳になってから北信濃の柏原に帰郷して住居を構えている。この時が一茶にとって成人になって初めての定住生活であり、その一年後の五十二歳の時に二十八歳の菊と結婚（初婚）して三男一女を儲《もう》けている。しかしどの子にも先立たれ、さらに妻の菊にまで先立たれてしまう。

その後、六十二歳の時、雪という人を後妻に迎えるが、この人とは反りが合わず三か月で離別している。

それから六十四歳の時、三十二歳のやをという人を三人目の妻に迎えたのも束の間、次の年には大火に遭って焼け出され、土蔵暮らしになってしまう。

そんな中の文政十年〈一八二七年〉十一月十九日、一茶は持病の中風が悪化して死亡している。

しかしこの時、妻のやをは一茶の子を宿しており、翌年にはやたという娘が生まれている。やを（妻）は娘のやたを元気に育て上げ、成人したやたは宇吉という婿を迎えて小林家を相続し、その子、孫へと一茶の家系（血筋）を守り通している。

一茶は信州で暮らした十四年の間にも多くの俳句を詠んでいて、『おらが春』はこの間に執筆しており、自身の日記には子孫を残す営みを夜のみならず朝も昼も励み、その時の回数をも克明に記録しているような人である。

それなのに一茶の文献や資料の中には、美丸居士に関して何も書き残されていないのである。

一茶が松十邸を何度か訪れているのは、各地への行脚の途中に自身の都合で立ち寄ったに過ぎず、美丸居士もまた自分の都合で松十邸を訪ねた折に偶然水難に遭って、この地に墓があるというのが真実のようである。

もしかすると美丸が水死したのは、松十邸を初めて訪ねた時ではないかと末生には思えるのである。

美丸と一茶が会う機会は、同世代なので十分あり得るわけだから、誰かがいつの頃か「一茶が墓参りに来ていた」と尾鰭《おひれ》を付けたものと思われる。

思い起こせば、鐵叟美丸居士の足跡を尋ねゆく道筋で人見蕉雨著『黒甜瑣語』に出合い、美丸居士の出生の地と年齢が判明し、行脚の俳諧師であったことも確認することができた。そして探し求めていた俳諧も、発句（長句）二句と付句（短句）一句を見出すことができた。

さらに、この人が下総の名主《なぬし》大木幸太夫（玉斧）と共に羽後秋田藩の小夜庵五明に救荒作物としてアップラ（馬鈴薯）の種芋を持ち運ぶという、人道的な行為のことも知ることができた。

それはこの人が諸国を行脚していたがゆえに為《な》しえたことではあるが、その新たな行脚途上の三年後、寛政元年〈一七八九年〉十月二十五日にこの地、伊東で客死した人であった。

二十七歳という若い身空の享年である。水死についての原因と思しき記録は見当たらない。

この若い行脚の俳諧師の死を悼み、墓石に「鐵叟美丸居士」と刻み、台座には弔い人の庵号を刻んで手厚く埋葬している施主・夜琴亭松十（七代目・池田弥兵衛）という人の思いやりが二百数十年後の現在、改めて偲ばれる。

昔、海に囲まれている伊豆半島の漁師内では事故、身投げにかかわらず身元の知れない溺死者を見つけた漁師は、「仏と漁師は相見互い」といって遺体を引き取り、その家の寺院（檀那寺）に埋葬して弔うことを習わしとしていたと聞いていたが、その証しなのであろうか。水漬《みづ》く屍《かばね》は漁師にとって明日は我が身であり、自戒への祈りでもあったのだろう。

美丸居士の来歴を尋ねることによって、松尾芭蕉が活躍した江戸前期の十七世紀後半から江戸後期の十九世紀半ばに亘って蕉風運動を中心とした俳諧人の交流を知り、弥が上にも多くの俳諧（発句や連句）に出合うことができた。

また明治の世になって、それら多くの俳諧の中から江戸中期の与謝蕪村をはじめ、多くの俳諧人を掘り起こした正岡子規の才能には驚くばかりであった。特に小林一茶の特質を認めて逸早く評価していたことも知ることができた。

近年、長野市戸隠《とがくし》の一茶研究家の民家から、子規が明治三十年〈一八九七年〉に寄稿した「一茶の俳句を評す」と題した文書が発見され、「特色は主として滑稽、諷刺、慈愛の三点に有り」と高く評価している。

さらに子規自身に句が多いことである。享年三十六歳の子規は約二万四〇〇〇句を残している。

現在、五七五の十七音を定型とする短い詩を「俳句」と呼ぶようになったのは、子規が明治二十～三十年〈一八八七～九七年〉代に興した俳句革新運動以降に広まった呼称である。それは十七音の中に季題、切れ字を詠み込んでいた連歌、俳諧の発句を指している。従って以前からの発句もまた「俳句」なのである。

文学史上から見ると、俳諧における十七音の発句を独立させて現在に至らしめた「俳句」は、江戸前期に松尾芭蕉が生涯をかけて作り上げようとした理念に合致している。それは芭蕉が自身の全人格との関わりの中で制作することによってのみ、質的な高まりと文芸性を発句の中に詠み込めると自覚したことにほかならないのである。

江戸時代中期以降、俳諧中興運動が盛んになるに従って芭蕉顕彰の句碑が多くの俳諧人によって建立されているのが何よりの証明である。

末生は芭蕉の句碑や何々塚と呼ばれている顕彰碑が全国に何基あるか調べたところ、田中昭三編著『芭蕉塚蒐』によると、芭蕉三〇〇回忌〈一九九四年〉を迎える三年前の平成三年〈一九九一年〉六月四日現在の資料では、総数二四四二基を数えている。

江戸時代は末生がそれまで考えていたよりもずっと自由に文化交流が行われていた時代であり、その交流と繁栄を経済面で支えていたのが夜琴亭松十（池田弥兵衛）や小夜庵五明（吉川五明）のような、俳諧をこよなく愛した多くの人たちであったことも知ることができた。それは戦のない時代でもあった。

このすぐ後には町人文化が華と咲き、大衆芸術が爛熟《らんじゅく》の極に達し、各藩の地方文化も隆盛を極めた、いわゆる「文化文政時代」〈一八〇四～一八三〇年〉が到来する。

その時代の代表的な人物を挙げると、［戯作者＝小説］山東京伝、十返舎一九、式亭三馬、曲亭馬琴。［戯曲］鶴屋南北。［狂歌］石川雅望《まさもち》（宿屋飯盛）、大田南畝（蜀山人）。［和歌］良寛。［浮世絵］喜多川歌麿、東洲斎写楽、葛飾北斎。［西洋画］司馬江漢。［文人画］谷文晁。［俳諧］小林一茶。――という人たちである。

後日譚

「光陰矢の如し」というが、月日の経つのは早いものである。末生が笹沼先生に退会届を送ってから、もう五年近くの歳月が流れようとしている。

しかし末生にとってこの歳月は、これまで書き連ねたように「美丸居士」の遺業を尋ねる道すがら、多くの先人たちとの出会いがあり、彼らが残してくれた資料への目通しとその見極めに心が奮《ふる》う日々であった。そして末生にとってはこれまで経験したことのない未知との遭遇の連続であったが、どちらかと言えば追跡に没頭する日々でもあった。

そのせいもあって末生は、笹沼先生や小吉さん、松魚さん、微笑さん、笙子さんたち俳句仲間の動向や彼らとの交流については、全くもって空白の歳月であったことを今さらながら痛感している。

末生にとっては別に書き立てるようなことがなかったのも事実ではあるが、あのすぐ後に小吉さんとの連絡が取れにくくなったことである。

それは、小吉さんが先生に送った「抗議メール」のことで、「松魚と会うことにしたが、末生も一緒に行くか?」という小吉さんの心遣いの電話があったすぐ後のことである。

　末生は小吉さんと松魚さんの話し合いがどうなったのか、確かめたくて電話をするのだが留守が多く、また言《こと》づけを頼んでも小吉さんからの連絡が延び延びになり、通じたかと思えば「用事があるので会えない」という返事が何度か続いた。

　この時点で末生は、自分を避けている小吉さんの胸のうちを察知せざるを得なかった。たかが俳句されど俳句などと言うが、みんなが趣味で楽しんでいる余生の俳句会のことなのだから、誰にも気がねや遠慮などする必要はないはずである。

　それならば、どうしても早いうちに小吉さんと会って小吉さんの気持ちを確かめたうえで、話し合いの結果がどっちに転ぼうとも気持ちよく納めなければならないと末生は肝に銘じた。そして繰り返し連絡を続けた。

　間もなくして、末生は小吉さんと会うことが出来た。

　やはり小吉さんは幾つか理由をあげて、これからも生徒たちみんなと一緒に今まで通り行動したいという気持ちを打ち明けてくれたので、末生は快く受け止めることにした。

　そして末生は、小吉さんが先生と松魚さんに何か言い含められてしまったとは思いたくなかった。小吉さんが先生を許したのだと思った。

　末生も当時はまだ漠然とした望みではあったが「美丸居士」について関心があるので調べるつもりであることなどを話した。

短い時間であったが、これからの互いの健康に配慮する言葉を交わして別れることになった。末生は別れぎわのはなむけ（餞）に、

「小吉さんは温厚な人だからいいなぁ」と言ったことを覚えている。

その後の小吉さんとは会うこともなく、今では年賀状だけの付き合いの仲になっている。

あの時、先生が起こした塾閉鎖による受講料の一部返金から総会までの一連の顚末は、ひとり末生が退会届を提出しただけのことだった。他に変わったことはなにもなかったのである。

そして末生は、きっと先生は今まで通りのやり方でこれからも勉強会を続けられるのだろうと思った。生徒たちもまた、今まで通り先生に習い続けることになるのだろうとも思った。

なぜなら、先生はあの俳句通信「潮」によって俳句勉強会の運営は三名の幹事に引き継がれたことを、結社「鳩」の本部と関係者の方々に知らせる望みを叶えたからである。

＊

今にして思えば、あの時の末生は先生が塾を閉鎖して運営を離れ、生徒たちに塾の運営を勧めているにもかかわらず何の権利があって「総会とか欠席者には無条件で決議事項を

承認して頂く」などと書けるのか理解に苦しむと怒りを顕わにしていたはずである。

それなのにあの時、なぜ先生に「退会届」を書き送ったのか、自問自答しながらひとり苦笑することがある。

それは先生が創造した「真空時間帯」という空間の中で行われた先生の行為にみんなが惑わされていたのだと末生は気付いたからである。

生徒たちが喜ぶには少ない金額ではあったが、憎からず思う「返金」を利用した行為であったと気付いたからである。先生は僅かなお金を使って念願を果たしていたのである。生徒たちはみんな先生の返金に対して、申し訳ない気持ちの虜になって右往左往しただけのことであり、末生はその空間の中のポストに「退会届」を投函したのである。先生からの返答など来るはずがないのは当然であった。あの時間帯は、先生も先生ではなかったし、生徒たちもどこにも所属していなかったからである。

実際の被害者は、俳句通信「潮」を受け取った結社「鳩」の本部や関係者の方々ということになるのだが、誰も気付くことはないだろうし、たとえ気が付いたからといって苦言を呈する者などいるはずがないのである。

この五年の歳月の早いころに詠んだ句である。


だるまさんがころんだふりむけば雪　　末生

しかし、この時を機会に俳句勉強会が大きく変わったことがある。

それまでの俳句勉強会は、俳句を教える塾であるから「俳句の会＝クラブ」として、市の俳句協会には加盟していなかった。

*

しかしあれからすぐ後に、「伊豆俳句会『潮』」というクラブ名で市の俳句協会に加盟すると同時に、ほとんどの生徒が加盟したことを知った。それは十年前に笹沼先生と二期生たちを引き合わせてくれた地方紙「伊豆半島新聞」の文芸欄に掲載されるようになったからである。

この紙面は市民が参加する市の文化活動を一般市民に知らせる報道機関の役目をも果たしてくれており、また市民にとっては文芸欄のみならず身近な人々や地域の情報を時々刻々知ることができる情報源になっている。

そして市の協会に加盟する各クラブの作品は毎月、決められた日に掲載されるのである。また弘誓寺の花祭や小室山の伊東温泉つつじ祭とお月見、大室山の初日の出と山焼き、伊東祐親祭など、市が主催または後援する俳句大会などのイベントの折には、入賞作品の発表の場にもなっている。

市俳句協会に加盟した「伊豆俳句会『潮』」は笹沼先生が主宰者になり、松魚もメンバーに加わり十数名以上の人数となるために、一躍にして俳句協会に所属するクラブの中では一、二位を争う人数のクラブになった。

そして先生は前に吟行した美丸居士が眠る弘誓寺の「花祭り俳句大会」や市が主催ならびに後援する俳句大会では選者として紙上を飾る先生の中の一人になっている。

さらに「伊豆俳句会『潮』」のメンバーたちは、松魚を主宰者として新しく「俳諧連歌の会」を結成し、連歌（付合の句）を紙上に掲載するようになった。

時には、松魚が理事を務めている「全日本俳諧連盟」（本部・名古屋市）の会長や幹部の方々をお招きし、新たなジャンルの一つとして、現在ではあまり目にすることも少なくなった連歌の合同作品を掲載し、文芸欄を賑わしている。

それから二年が過ぎたころであったが、市俳句協会の渡辺三歩会長が亡くなられた。それに伴って副会長を務めていた寺沢勝男氏［松魚］が新会長に就任した。

渡辺前会長は病気がちな人であったために、生前の会長を補佐し続けた寺沢副会長の助力は称賛に値するとの評判であった。そのために寺沢勝男氏の会長就任は誰もが認める人選であった。

その寺沢新会長の指名を受けて、副会長に抜擢されたのは水谷吉男氏［小吉］であり、同時に首席選者に就任されたのが笹沼福男先生であった。

先生は、それからずっと市が主催ならびに後援する俳句大会では、首席選者を務めておられる。

ところでそんな中、末生は俳句結社「鳩」が昨年の秋に解散し、月刊同人誌「鳩」も廃刊になったことを小吉さんの年賀状で知った。年賀はがきの余白に添え書きされていた。

末生は俳人・小林一茶や美丸や、歌人・与謝野晶子や多くの文人墨客が旅して行った伊豆の美しい風景と人々の暮らしを、これからも何ごとにもこだわることなく詠み続けていこうと思っている。

完

参考・引用文献

『伊東誌 上・下』浜野建雄・著　市立伊東図書館
『猿墳集』五柏園丈水・著
『宇宙短歌百人一首―「宙がえり何度もできる無重力」下の句選集』
ヤマハミュージックメディア
『秋田俳書大系 吉川五明集 上・下』藤原弘・編　秋田俳文学の会
『古今秋田英名録 上・下』三浦匝三・編
『一茶全集 第一巻／発句』小林計一郎ほか・校注　信濃毎日新聞社
「一茶瑣事」(『連歌俳諧研究57号』) 前田利治・著　俳文学会
「青年期の一茶」(『連歌俳諧研究　67号』) 小林計一郎・著　俳文学会
『人見蕉雨集』全五冊　秋田魁新報社
『俳諧大辞典』伊地知鉄男ほか・編　明治書院
『芭蕉塚蒐』全六巻　近代文藝社
『日本大百科全書』小学館

著者プロフィール

板橋　言成（いたばし　げんなり）

昭和12（1937）年生まれ
福島県出身、静岡県在住
福島県立会津高校卒業
民間会社に勤務、定年退職

俳句の先生

2024年７月15日　初版第１刷発行

著　者　板橋　言成
発行者　瓜谷　綱延
発行所　株式会社文芸社
〒160-0022　東京都新宿区新宿1－10－1
電話　03-5369-3060（代表）
03-5369-2299（販売）

印刷所　株式会社エーヴィスシステムズ

ISBN978-4-286-25465-4